KB078191

FUSION FANTASTIC STORY

MONSTER HOLE

몬스터 홀

킹메이커 장편 소설

몬스터 홀 5

킹메이커 장편 소설

초판 1쇄 찍은 날 § 2015년 2월 10일
초판 1쇄 펴낸 날 § 2015년 2월 17일

지은이 § 킹메이커
펴낸이 § 서경석

편집부장 § 권태완
편집책임 § 한준만

펴낸곳 § 도서출판 청어람
등록번호 § 제387-1999-000006호
등록일자 § 1999. 5. 31
어람번호 § 제1-2054호

주소 § 경기도 부천시 원미구 부일로 483번길 40 서경B/D 3F (우) 420-822
전화 § 032-656-4452 팩스 § 032-656-4453
http://www.chungeoram.com
E-mail § chungeorambook@daum.net

ⓒ 킹메이커, 2014

ISBN 979-11-04-90115-7 04810
ISBN 979-11-316-9279-0 (세트)

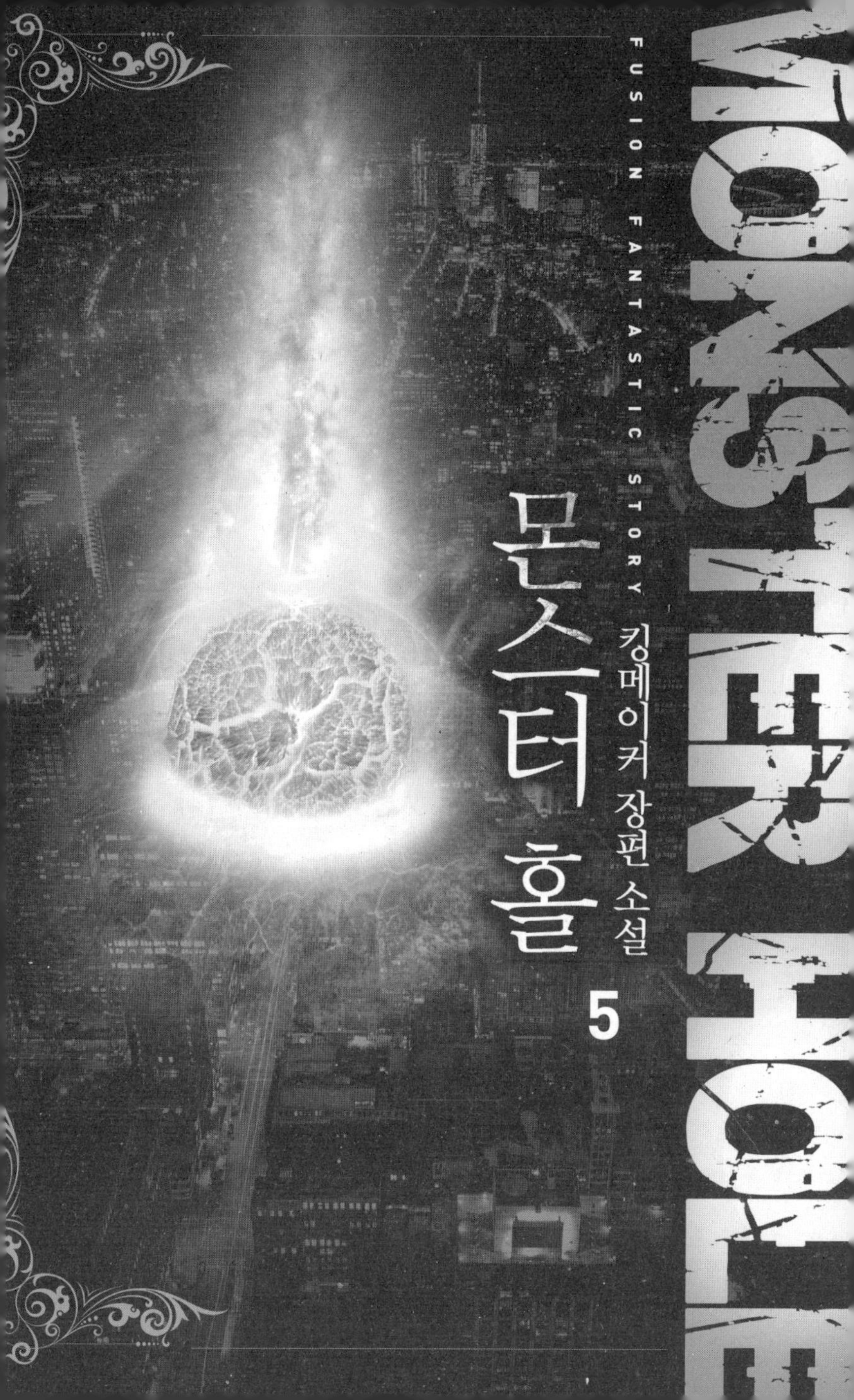
MONSTER HOLE
FUSION FANTASTIC STORY
몬스터 홀
킹메이커 장편 소설
5

몬스터 홀

MONSTER HOLE

CONTENTS

제1장

귀환 II

MONSTER HOLE

성준은 누운 채로 하늘을 보았다. 노을이 붉게 타오르고 있다. 성준은 마지막에 자신을 바라보고 있던 가디언의 눈을 생각했다.

"괜찮아요?"

성준의 눈앞에 수리의 얼굴이 나타났다. 성준은 수리의 모습을 보고 웃으려다 말고 인상을 찡그렸다.

"윽, 괜찮지 않은가 봐. 또 등으로 착륙했어."

성준의 말에 하은이 바로 달려왔다. 하은이 성준을 치료하려고 하자 성준이 손을 흔들었다.

"이 정도는 치료하지 않아도 돼. 아까운 영기회복석을 낭비할 필요는 없지."

그리고 성준은 수리의 손을 잡고 몸을 일으켰다. 자리에서 일어난 성준은 일행을 둘러보았다. 이제 일행 모두는 3레벨 몬스터홀에서도 살아나온 것이다.

귀환자 조합 일행은 서로 수고했다는 이야기를 나누고 있었다. 그 모습에 미소를 지은 성준은 한쪽에 서 있는 마리아를 보았다.

마리아는 슬픈 눈으로 귀환자 일행을 바라보고 있었다. 성준은 마리아에게 다가갔다.

"괜찮습니까?"

마리아는 성준을 보더니 슬쩍 미소를 지었다.

"네, 이 정도면 괜찮은 거겠죠."

"이제 앞으로는 어떻게 하실 생각인가요?"

성준의 말에 마리아는 고개를 흔들며 대답했다.

"뭐, 이제 다른 2레벨 팀에 참가하게 되겠죠. 아직 한 팀이 더 있어요. 정부가 나서서 참여하게 해줄 거예요."

성준은 마리아의 말에 한 가지 제안을 했다.

"혹시 저희 귀환자 조합에 들어오실 생각은 없으신가요?"

마리아는 성준의 말에 성준을 물끄러미 바라보았다. 성준은 마리아의 뒤에서 두 귀를 쫑긋 세우고 듣고 있는 재식을 보았다.

"그 말은 스카우트인가요?"

"네."

마리아의 말에 성준은 단호하게 대답했다. 마리아는 성준의 말에 미소를 지었다.

"고마워요. 저에게 도움을 주기 위해 애쓰는 것 알고 있어요. 하지만 저는 아직 이곳이 좋아요. 어떻게든 살아갈 수 있을 거예요."

재식의 실망하는 모습이 성준의 눈에 보였다. 성준은 고개를 끄덕이면서 말했다.

"나중에라도 원하시면 이야기해 주십시오. 항상 조합 문을 열어놓고 있겠습니다."

위에서 시끄러운 소리가 들리더니 밧줄이 밑으로 내려오기 시작했다. 이제 나갈 시간이었다.

일행은 몬스터홀 밖으로 나갔다. 밖은 엄청나게 소란스러운 상태였다.

사방에서 군인들이 철수하고 있었다. 멀리 전차들이 이동하는 모습도 보였다. 대부대의 이동이 있었던 모양이다.

성준은 고개를 갸우뚱했다. 몬스터홀에 들어갈 때는 아무일도 없었는데 갑자기 이렇게 많은 군인이 보이니 걱정이 되었다.

성준은 일행의 앞에 있는 정부 요원에게 물어보았다. 다행히 그는 한국어를 알고 있었다.

"별일 아닙니다. 일종의 훈련인 모양입니다."

정부 요원도 자세하게는 모르는 눈치였다. 성준은 의아해했다.

아무튼 일행은 러시아 정부 요원의 안내로 호텔로 이동했다. 다들 마지막 순간까지 힘들어서 어서 쉬고 싶을 뿐이었다.

일행이 지쳐서 버스에 늘어져 있을 때 성준은 러시아 요원에게 말했다.

"내일 아침 일찍 비행기로 돌아가겠습니다. 빠른 처리 부탁합니다."

요원은 성준의 말에 대답했다.

"바로 위에 전달하겠습니다."

그리고 일행은 호텔에 도착해 바로 자신들의 방으로 들어갔다. 수리도 보람과 하은에게 이끌려서 여성들의 방으로 들어갔다.

성준은 다들 자신의 방으로 들어가는 것을 보고 주위에 감각을 퍼뜨렸다. 다행히 특별한 문제는 없는 것 같았다. 성준은 고개를 끄덕이고는 방으로 들어갔다. 그도 많이 피곤한 관계로 바로 잠이 들었다.

다음 날 아침, 일행은 모두 부스스한 모습으로 식당에 모였다.

여성들도 기초화장도 안 한 모습으로 다들 내려왔다. 하지만 이미 던전에서 민얼굴을 지겹게 본 남성들은 그러려니 했다.

다행히 여성들이 미인이라서 민얼굴도 괜찮은 축에 들었다. 물론 비교가 되기 때문에 여성들은 수리 옆으로는 가지 않았다.

성준과 일행은 모두 호텔 뷔페에서 식사를 담아와 자리에 앉았다. 다행히 이 호텔에 한국식도 준비되어 있어서 모두 만족스러운 식사를 할 수 있었다.

모두 식사를 하고 있을 때 성준에게 러시아 정부 요원이 다가왔다.

"식사하는데 죄송합니다만, 식사 후에 잠깐 이야기를 했으면 합니다."

성준은 요원의 말에 고개를 끄덕였다. 어차피 던전에서의 일을 공유해야 할 것이다.

모두 식사를 마치고 다들 돌아갈 준비를 했다. 성준은 수리, 보람과 함께 요원의 안내를 받아 호텔의 접객실로 이동했다.

호텔 1층의 VIP 접객실에서 성준은 어깨에 별이 두 개가 있는 장군을 보았다. 장군이 일어서서 성준에게 악수를 청했다.

"세르게이 이바넨코 중장입니다."

장군은 강직한 중년 남자였다. 성준은 장군이 내민 손을 잡고 악수를 했다. 악수 후에 자리에 앉자 장군이 성준에게 말했다.

"제가 이 튜멘주를 담당하고 있는 지역 사령관입니다. 여기 있는 몬스터홀도 제가 책임지고 있습니다."

성준은 장군의 말을 들으면서 주위를 둘러보았다. 이 접객실에는 장군과 아까의 요원, 그리고 행정부 관리로 보이는 남자와 마리아가 앉아 있었다.

"무사히 다녀오셔서 다행입니다. 혹시 실례가 안 된다면 던전에서의 일을 이야기해 주실 수 있겠습니까? 귀환자 마리아에게 이야기를 들었지만 한 번 더 말해주시기 바랍니다."

성준은 마리아를 바라보았다. 마리아는 성준에게 고개를 끄덕여 보였다.

성준은 던전에서의 이야기를 시작했다.

쥔차이의 난입과 러시아 귀환자들의 죽음, 그리고 '정당방위'와 그 뒤의 이야기도 해주었다.

모든 이야기를 들은 장군은 심각한 표정으로 책상을 두드렸다. 옆에서 녹음기로 이야기를 녹음하던 요원은 성준에게 고개를 숙이고 녹음기를 주머니에 넣었다.

"말도 안 되는 상황이 발생했군요. 다행히 귀환자 마리아도 같은 내용을 이야기했고 그동안 쿤차이의 행적도 이상했으니 중국도 크게 뭐라 못 하겠지요."

장군은 성준에게 말았다.

뒤를 이어 관리로 보이는 남자가 이야기를 꺼냈다.

"혹시 이 튜멘시에 있는 3레벨 몬스터홀이 제거될 때까지 이곳에 머무시는 것이 어떻겠습니까? 저희가 최대한 보답하겠습니다."

성준은 그의 말에 고개를 좌우로 흔들었다. 다시 오게 되더라도 우선 돌아가야 했다.

"외부 던전이 되기 전에 다시 오겠습니다."

성준의 거절에 그 관리는 한숨을 내쉬었다. 장군도 고민스러운 표정이다.

"이번이 아니더라도 잘 생각해 주시기 바랍니다. 저희는 여러분이 없으면 몬스터홀을 내버려 둘 수밖에 없습니다. 최대한 여러분이 안전하게 보호되었으면 좋겠습니다."

성준이 감각을 활성화했다. 앞은 진실이었지만 뒷이야기는 사심이 섞인 이야기였다.

결국 회의는 그렇게 마쳤다. 일행은 바로 비행기를 타고 서울로 돌아갈 수 있게 되었다.

공항에는 마리아와 정부 요원이 나왔다.

"아마 운이 좋으면 다음에 오실 때 볼 수 있을지도 모르겠네요."

마리아는 성준에게 미소를 지으면서 말했다. 성준은 마리아에게 한마디밖에는 할 수 없었다.

"힘내세요."

마리아는 일행과 인사를 나누었다.

재식은 마리아의 인사에 어쩔 줄을 몰라 하는 모습이다.

그리고 모두 인사를 마친 후 일행은 비행기를 타고 떠날 수 있었다. 마리아는 공항에서 일행이 탄 비행기가 떠나는 모습을 바라봤다.

*　　　*　　　*

빈센트는 손에 들고 있는 구슬을 다시 한 번 확인했다.

한국 귀환자 홈페이지에서 본 바로는 구슬은 구슬을 뱉어낸 몬스터의 능력이 담겨 있다고 했다. 그럼 이 상황을 헤쳐 나가는 데는 쓸모가 없었다.

빈센트는 주위를 둘러보았다. 빈센트 주위에는 모두 지치고 힘든 표정의 일행이 각자 벽에 등을 기대고 앉아 있었다.

이곳은 독일의 라이프치히에 있는 몬스터홀과 연결된 던

전이다. 그리고 이곳에 모여 있는 사람들은 라이프치히에서 발생한 외부 던전에서 귀환자로 변한 넘버피플들이었다.

빈센트는 정밀 기계를 제작하는 기술자였다. 라이프치히에서 작은 회사에 다니고 있던 빈센트는 이곳에 있는 사람들과 함께 넘버피플이 되었다.

그 뒤로 빈센트는 다른 사람들과 살아남기 위해 열심히 던전을 다녔다. 다른 귀환자가 몬스터의 먹이가 되는 동안 도망가기도 하고 다른 사람과 힘을 합해 몬스터를 죽이기도 했다.

그렇게 돌아다니기를 벌써 한참이다. 자신과 같이 다니던 팀도 벌써 여러 번 반으로 줄어들어 다른 팀과 합쳐지기를 몇 번이다.

그 와중에 몇몇 사람은 경험치를 100을 채워 구슬을 이용해 2레벨이 되었다. 그리고 2레벨이 된 사람, 그 사람과 같이 몬스터홀에 들어간 사람들은 돌아오지 못했다.

그 이유를 한국의 귀환자 홈페이지에서 확인하는 순간 모든 넘버피플들은 좌절했다. 이곳은 벗어날 수 없는 수렁 같았다.

정부가 2레벨 귀환자들을 모아 정부 직속팀을 만들고 있다는 소문이 돌고 있지만 어디까지나 소문이었다. 현재 몬스터홀의 정보는 한국의 귀환자 홈페이지에서 얻는 방법밖에는 없었다.

빈센트는 일행을 바라보던 시선을 들어 동굴 끝을 보았다. 그곳에는 공터가 있고 몬스터가 한 마리 있었다. 몬스터는 반대편으로 나가는 출구를 막고 있었는데 가지고 있는 능력은 방어 능력 같았다.

조금 전에 공격했다가 이미 삼분의 일이 몬스터에게 죽임을 당했다. 일행이 가지고 있는 무기가 모두 몬스터의 피부를 뚫지 못했다.

빈센트는 다시 한 번 구슬을 바라보았다. 얼마 전 다른 던전에서 엘리트 몬스터를 죽인 후 이 구슬을 차지할 수 있었다.

처음에는 팔아볼까도 했지만, 혹시 몰라 계속 가지고 다녔다.

그때 그 던전에서도 인원의 반이 죽어나갔다. 초기에는 어떻게든 빠져나가기만 하자는 분위기였지만 그래도 사망률이 30%까지 치솟자 어쨌든 성장치를 100까지 만드는 분위기였다.

하지만 그 와중에 사망률은 더욱 높아졌다. 이제는 겨우 다들 100이 되어서 안정화가 된 줄 알았는데 강력한 몬스터를 만나 모두 낙심한 상태였다.

이 구슬은 아마 감각 강화일 것이다. 이 구슬을 내놓은 몬스터는 눈도 귀도 없는 몬스터였는데 일행이 작은 진동만 일으켜도 금방 알아차렸다.

빈센트는 구슬을 먹기로 했다. 어차피 이곳에서 죽을 분위기다. 별로 효과는 없겠지만 발버둥은 쳐야 할 것 같았다.

그는 입속에 구슬을 넣고 고통을 참기 위해 주먹을 꽉 쥐었다. 그리고 5분여가 흘렀다.

눈을 뜬 빈센트는 어리둥절했다. 홈페이지에서는 구슬을 먹으면 새로 얻는 능력에 대한 정보를 바로 알 수가 있다고 했다.

그런데 빈센트는 두 개의 정보가 느껴지는 것이다.

그는 팔목을 확인했다. 팔목에는 두 개의 능력 마크가 있었다. 하나는 예상대로 몸이 닿은 부분의 진동이나 형태를 알 수 있는 능력 같았다. 하지만 다른 하나는 전혀 예상 밖의 능력이었다.

빈센트는 자신의 능력이 알려주는 느낌에 바로 자신의 창을 소환했다. 그리고 손에 창을 쥐고 창에다가 능력을 사용해 보았다.

창에서 이상한 선들이 보이기 시작했다. 빈센트는 그 선에 능력을 최대한 퍼부었다.

잠시 뒤 영기가 소진되자 그는 그 자리에서 휘청거렸다. 그는 정신을 차리고 자신의 창을 보았다.

창은 겉으로 보기에는 똑같았다. 하지만 빈센트가 창을 잡고 자신의 영기를 창에 보낸다고 생각하자 창에 아까 본 선의 흐름으로 자신의 영기가 흐르는 것이 보였다.

그는 창을 잡고 벽을 향해 찔러보았다.

푹!

창이 벽에 박혀 버렸다. 빈센트의 눈이 빛났다. 어쨌거나 저 몬스터의 방어를 뚫을 방법이 생겼다.

빈센트는 실의에 빠진 사람들을 불러 모았다.

"모두 자신의 무기를 꺼내봐!"

그날 일행은 무사히 던전을 빠져나올 수 있었다. 그리고 몬스터홀을 빠져나온 날 빈센트는 일행과 작별을 고했다.

"이제 나도 살길을 찾아봐야지. 어쩌면 한국에서는 2레벨 귀환자들이 살 방법이 있을지도 몰라. 그리고 내 능력이 무엇인지도 알 방법이 있을지도 모르고."

모두 고개를 끄덕였다. 적어도 이들은 홈페이지를 통해 한국의 귀환자들이 세계에서 제일 앞서나간다는 것을 알고 있었다.

"그런데 정부에서 막지 않을까? 나름 대단한 능력이잖아."

"헹, 우리가 입 닥치고 있으면 모를걸? 난 서독 놈들의 정부는 믿지 않아."

한 동료의 물음에 빈센트는 코웃음을 쳤다. 빈센트는 동독 토박이라서 정부에 대한 불신이 상당한 상태였다.

그의 말에 모두 고개를 끄덕였다. 여기 있는 모두는 라이프 치히에 발생한 외부 던전도 정부에서 방관했다고 생각하는 동독 토박이들이었다.

그리고 빈센트는 성준 일행이 서울로 떠난 그날 한국행 비행기를 탔다.

*   *   *

성준 일행은 비행기를 타고 한국을 향해 날아가기 시작했다. 비행기 앞에는 전투기 두 대가 호위하고 있었다.

헤라가 창밖을 보다가 전투기를 발견하고 입을 딱 벌렸다.

"이거 오버 아니에요? 우리가 뭐 국가원수도 아니고 특별기에 전투기 호위라니."

보람이 헤라의 말에 대답했다.

"호위할 만해. 비행기가 공격당해 추락해서 우리가 죽거나 하면 러시아는 바로 끝장이니까."

"맞아요. 아직 3레벨은 우리밖에는 없잖아요."

보람의 말에 다희가 맞장구를 쳤다.

그때 재식이 투덜거렸다.

"3레벨인데 실력 차가 왜 이렇게 나는 거야? 누군 신 나게 날아다니는데 누군 신 나게 두드려 맞고 있으니."

재식의 말에 호영이 뒤에서 재식의 머리를 쳤다.

"나 같은 사람도 있어! 그래도 쓸모 있는 사람은 조용히 해."

호영이 쌓인 게 많은 것 같았다. 미영이 호영의 어깨를 주물러 주어 기분을 풀어주고 있다.

하지만 제일 울적한 사람들은 따로 있는 모양이었다.

여고생들은 신 나게 떠들다가 재식과 호영의 말에 고개를 숙이고 침울해졌다.

"우린 어디 가서 능력이 뭔지 창피해서 말도 못 해요."

미리의 말에 호영과 재식은 꿀 먹은 벙어리가 되었다.

성준은 끼어들면 욕 먹을 것 같아 조용히 잠을 청했다.

비행기는 저녁때 서울 공항에 도착했다. 시간상으로는 7시간 만에 왔지만, 시차로 인해 어두워진 것이다.

성준은 모두에게 하루의 휴가를 주었지만, 일행들의 차가 회사에 있어 우선 회사로 향했다.

일행은 기다리고 있던 버스를 타고 조합 사무실로 갔다. 비행기에서 보람이 지시를 내린 모양이다. 버스는 서울 공항의 활주로에 대기하고 있었다.

조합에 도착한 일행은 집이 가까운 몇 사람을 제외하곤 회사 오피스텔로 올라갔다.

보람은 바로 조합 사무실로 갔다. 이미 비행기에서 일 차로 보고를 받고 야근을 시킨 모양이다. 얼마 지나지 않아 조합 사무실에서 시끄러운 소리가 들리기 시작했다.

성준은 조합 사무실로 달려가는 보람의 모습에 조합장으로 어울리는 것이 자신보다 오히려 보람이 아닐까 생각했다. 물론 이런 이야기를 하면 보람에게 혼날 테니 속으로만 하는 생각이다.

성준이 오피스텔에 도착해서 문을 열고 들어가자 수리가 따라 들어왔다.

수리는 욕실에서 씻고 부엌으로 들어가 요리 준비를 하기 시작했다. 보람과 하은의 요리 강습 이후로 요리에 취미를 붙이기 시작한 모양이다.

성준도 큰 방의 욕실에서 씻고 나오자 성준의 휴대전화 벨이 울리기 시작했다. 성준은 전화를 받았다. 김 회장 전화였다.

"여보세요."

―날세.

"잘 지내셨나요?"

―나야 자네가 내준 숙제 때문에 바빴지.

"죄송합니다."

성준은 마음에도 없는 사과를 했다. 나이든 분에게 사과하는 것은 어려운 일이 아니었다.

—아무튼 빈 금액은 채워 넣었네. 내일 확인해 보게나.

"안 내신 분들이 다시 마음을 돌리신 건가요?"

—에이, 그 썩을 놈들. 그놈들, 나하고 갈라섰네. 날 우습게 본 모양이야.

김 회장과 다른 사람이 대신 돈을 넣은 모양이다. 성준은 조 단장에게 이야기를 들어서 별 감흥은 없었다.

"그럼 다음 몬스터홀이 정해지면 알려드리죠."

—그렇게 하세나. 난 사람들을 모아야겠어. 이놈들이 내 성질을 건드렸어.

역시 김 회장은 손해 보면 들이받는 스타일이었다. 그렇기에 성공도 할 수 있었을 것이다. 김 회장과 전화를 끊고 성준은 자신의 정보를 확인했다.

—검투사 정보.

—영기 레벨 3.

—영기 성장치 98.

—영기 198.

—영기분석 레벨 2, 고속 저중력 이동 레벨 2, 허공 도약 레벨 1.

―가디언 2레벨.

―영기화된 컴파운드 쇠뇌, 영기화된 발렌 제국 제식장검―각성.

―영기보석 전기 레벨 1(×3), 영기보석 진동 레벨 1(×2), 영기보석 영기 포격 레벨 3, 영기보석 영기 발출 레벨 3.

―영기 능력치 258.

조금 남았다. 점차 자신의 반대 세력이 집결하는 느낌이 들고 있는 지금 더욱 강해질 필요가 있었다.

성준은 생각난 김에 터치패드를 꺼냈다. 정부에서 하기로 한 발표는 어떻게 되었는지 볼 생각이다.

기사를 쭉 확인해 보았다. 아직 별다른 내용이 없었다. 역시 정부에서는 그가 살아온 것을 확인하고 올릴 모양이다.

성준은 피식 웃었다. 그 정도는 고려했다.

어쨌거나 이것으로 자신의 할 일은 다 한 것 같았다. 이제 정부에서 발표하면 상대의 대응을 기다리는 일만 남았다. 이대로 성준의 공격을 당하고 물러서든지 아니면 성준의 공격에 반격할지는 알 수 없었다.

하지만 성준은 그쪽에서 그냥 물러서지 않았으면 했다. 그러기에는 소말리아에서 죽어간 동료들이 불쌍했다.

부엌에서 수리가 부르는 소리가 들렸다.

성준은 조금 긴장한 채로 부엌으로 갔다. 수리가 요리에 취미가 생겼다고는 하지만 전사로서의 삶을 살아온 여자이다. 금방 실력이 늘 리가 없었다.

성준이 부엌에서 본 요리는 예상외로 훌륭했다. 한식을 준비했는데 보기에도 훌륭한 음식들이었다.

"오, 맛있겠는데?"

수리는 성준을 보며 미소를 지었다.

"요리법을 몇 번이나 확인하면서 만들었어요. 나름 노력했으니 괜찮을 거예요."

성준은 자리에 앉았다. 그리고 수리와 함께 저녁을 먹었다.

식사는 당연하게도 맛이 없었다. 간 맞추는 실력도 부족하고 입맛도 한국인과 조금은 다른 모양이다.

성준의 앞에서 수리는 맛있게 먹고 있다. 그 탓에 성준도 맛있는 표정으로 음식을 먹을 수밖에 없었다.

그리고 수리는 속으로 성준에게 계속 사과하고 있었다.

*   *   *

빈센트는 독일에서 한국으로 날아와 인터넷에서 추천하는

호텔에서 잠을 잤다. 덕분에 수중의 돈은 그리 많이 남지 않게 되었다.

남은 돈을 가지고는 독일에 돌아가기도 빠듯했다. 한국으로 오게 되면서 주변 사람들에게 나누어 줘서 가진 돈이 얼마 없었다.

어차피 손목에 남은 시간 때문에라도 한국에서 결정을 지어야 했다.

그는 새벽에 일찍 일어나 옷을 확인한 후 1층으로 내려와 호텔을 체크아웃 했다. 사람이 많아지면 불편한 일이 생길 수도 있어서 일찍 가서 기다릴 생각이다.

다행히 택시가 바로 잡혀 여의도에 있는 귀환자 조합으로 갈 수 있었다.

택시에서 내린 빈센트는 눈앞에 보이는 높은 건물을 올려다보았다. 이곳이 한국의 귀환자 조합의 본부였다.

빈센트는 건물을 향해 걸어가기 시작했다.

귀환자 조합을 감시하고 있는 국정원 요원들은 난리가 났다. 뜬금없이 귀환자 조합 정문에 외국인이 등장한 것이다. 얼마 전 국가 간의 회의로 한국 귀환자 조합에 대한 신사협정을 맺은 상태에서 갑자기 등장한 외국인에 비상이 걸렸다.

"우선 막아!"

정문이 보이는 앞 건물의 주차장에 세워진 봉고에서 현장

책임자가 무전기에 대고 소리를 질렀다.

건물 옆에 세워진 봉고차에서 남성 두 명이 문을 열고 나와 빈센트를 향해 뛰는 듯이 걸어갔다.

그리고 빈센트는 귀환자 조합 정문 앞에서 검은 양복을 입은 사람에게 양팔을 붙잡히고야 말았다.

"잠시 같이 가주셔야겠습니다."

영어로 말하는 검은 양복을 입은 사람의 말에 빈센트는 어리둥절했다.

"저는 귀환자 조합에 볼일이 있는데요?"

독일어로 말하는 빈센트의 말은 국정원 요원들에게 통하지 않았고, 빈센트는 양팔을 붙잡힌 채 끌려가기 시작했다.

그때였다.

쨍그랑!

빈센트와 요원들의 머리 위에서 유리창이 박살 나는 소리가 들렸다. 모두 고개를 들어 위를 바라보았다. 건물의 꼭대기 층에서 유리창을 깨면서 한 명이 뛰어내리고 있었다.

"위험!"

모두 놀라서 외마디 소리를 질렀는데 떨어지는 사람이 공중에서 팔과 다리로 허공을 박차자 중간에서 떨어지는 속도가 줄었다.

쿵!

그 사람은 속도는 많이 줄었지만 그래도 큰 소리를 내며 건물 정문 앞의 땅과 충돌했다.

빈센트를 잡고 있는 요원들은 깜짝 놀랐다. 떨어진 사람은 귀환자 조합의 조합장인 성준이었다.

성준은 바닥에 겨우 두 다리로 착지한 후 한 손을 들어 요원들이 빈센트를 데려가지 못하게 막았다. 그리고 주섬주섬 호주머니를 뒤져 몰래 영기회복석을 먹었다. 아직도 다리는 충격으로 움직이지 못하고 있었다.

성준이 앞을 바라보자 차에서 사람들이 더 나오고 있었다. 성준은 앞으로 손을 가리켰다. 그러자 빈센트의 앞에서 검은 연기가 뭉쳐지더니 아름다운 여성이 나타났다. 여성은 나타나자마자 성준을 향해 소리쳤다.

"미쳤어요! 갑자기 뛰어내리다니, 얼마나 놀랐는지 알아요! 여긴 영기도 자동 회복이 안 되잖아요!"

수리는 놀랐는지 얼굴이 빨갛게 돼서 성준에게 소리쳤다. 그러다 수리는 아차하는 얼굴이 되었다. 수리는 바로 얼굴을 굳히고 무기를 꺼내며 성준에게 말했다.

"적입니까?"

성준은 얼빠진 얼굴이 되었다가 다가오는 사람들을 가리켰다.

"우선 저 사람들의 접근을 막아줘."

귀환 II 29

"네, 주인님"

정신없이 대답하는 수리의 얼굴은 다른 의미로 빨갛게 변해 있었다.

그리고 수리는 검을 들고 요원들을 향해 다가갔다. 요원들은 후다닥 빈센트의 팔을 놓고 뒤로 물러섰다.

요원들은 물러서면서 주위를 확인했다. 다행히 이른 아침이고 요원들이 진입을 막고 있어 이 상황을 본 사람은 없는 것 같았다.

빈센트는 정신이 없었다. 검은 양복들에게 양팔이 잡히는 순간부터 갑자기 현실과 환상의 경계가 허물어져 버렸다.

"으갸갸갸!"

그제야 다리의 마비가 풀린 성준이 빈센트를 향해 다가갔다. 그리고 빈센트에게 손을 내밀었다.

"한국 귀환자 조합의 조합장 최성준입니다. 반갑습니다."

빈센트는 얼떨결에 성준의 손을 잡았다.

"독일에서 온 빈센트라고 합니다."

아침에 일찍 일어난 성준은 자신의 오피스텔 거실에서 커피를 마시면서 밖을 내다보고 있었다.

그러던 중 자신의 거실을 감시하는 장비가 다 철수했는지 확인할 겸 감각을 활성화했다.

그때 빌딩으로 오는 외국인을 발견한 것이다. 감각이 활성

화된 상태였기에 귀환자인 것을 확인한 성준은 영기분석으로
그 외국인을 파악했다.

성준은 빈센트의 정보를 보고 깜짝 놀랐다. 그때 갑자기 요
원들이 달려들어 빈센트를 끌고 가자 앞뒤 안 가리고 뛰어내
린 것이다.

성준은 다시 한 번 빈센트의 정보를 확인했다.

—검투사 정보.
—영기 레벨 2.
—영기 성장치 5.
—영기 68.
—영기 장비 개조 레벨 1, 감각 전달 레벨 1.
—영기 능력치 135.

눈앞으로 굴러들어 온 떡이었다. 절대 뺏길 수 없었다. 성
준은 친절한 미소를 지었다.

"귀환자 조합에 오신 것을 환영합니다. 어서 들어오시지
요."

제2장
강화 Ⅰ

MONSTER
HOLE

화면에 보이는 모든 사람의 얼굴은 심각했다. 그리고 그 화면을 바라보고 있는 박승우 대통령의 얼굴에도 어두운 그림자가 드리워져 있다.

박승우 대통령이 있는 이곳은 성준이 러시아에 가기 전에 안보리 정상들과 이야기하던 화상회의실이었다.

"이대로 진행되면 4개월 이내에 대공황이 발생합니다. 이미 모든 지수는 바닥으로 떨어져 있습니다. 선진국에서 재화를 쏟아붓고 있지만 이미 돌이킬 수 없습니다."

한 화면에서 서양인이 계속 이야기를 했다.

"지금 공식적으로 발표되는 지표는 모두 각국 정부에서 쏟아 붓고 있는 재화로 이루어진 허상입니다. 아마 앞으로 3개월 정도가 한계로 보입니다."

화면 한쪽에서 발표하고 있는 사람은 OECD 몬스터홀 경제대책기구의 장을 맡고 있는 인물이었다.

"기적 같은 일이 일어나지 않는 한 4개월 뒤 전 세계의 무역과 경제는 수십 년 전으로 돌아갈 것입니다. 그리고 그 뒤는 몬스터홀이 모두 사라질 때까지 계속되는 불황이 전 세계를 강타할 것입니다. 세계 경제는 끝없이 몰락할 것입니다."

듣고 있던 프랑스 대통령이 물었다.

"남은 연착륙 방법은 없습니까?"

발표하고 있는 남자는 고개를 흔들었다.

"이번 사태는 경제력 자체가 상실된 상황입니다. 생산과 소비가 동시에 박살이 났습니다. 그리고 도시의 시스템이 붕괴되었습니다. 더 큰 문제는 몬스터홀의 수가 계속 늘어나고 넘버피플이 계속 발생하고 있다는 겁니다. 물론 그만큼 죽어서 넘버피플의 숫자가 늘지 않았습니다만."

남자는 마지막 말로 자신의 이야기를 마무리했다.

"각국이 재화의 공급을 멈추는 순간 바로 대공황은 시작될 것입니다."

이번에는 영국 총리가 잠을 못 자서 피곤한 얼굴을 쓰다듬으면서 말했다.

"그럼 그나마 피해를 줄일 방법은요?"

"전에도 말씀드렸습니다만, 무조건 몬스터홀의 숫자를 줄이거나 최소한 현 상태로 유지하는 것입니다."

그의 말에 화면에 보이는 모든 국가 정상이 한숨을 내쉬었다. 화면을 보던 박승우 대통령도 한숨을 내쉴 수밖에 없었다.

미국 대통령이 말했다.

"현재 전 세계에 몬스터홀 제거가 가능한 팀은 하나밖에 안 남았습니다."

"다른 귀환자를 죽여 버리고 혼자 남은 거지."

중국 주석이 모두가 들리게 혼잣말을 했다. 하지만 다른 사람들은 모두 못 들은 체했다. 러시아 대통령이 미국 대통령의 말을 받았다.

"그리고 그 팀은 지금 세계 곳곳에 나타나고 있는 높은 레벨의 몬스터홀을 상대해야 합니다."

"혹시 최대한 활용하면 좀 더 많은 몬스터홀을 제거할 수 있지 않을까요?"

이야기를 듣던 일본 총리가 이야기했다. 지금 일본은 일전에 발생한 2레벨 몬스터홀 때문에 계속해서 2레벨 귀환자를 먹이로 주는 상황이었다.

"지금도 무리하는 편입니다. 거기다 다들 민간인입니다. 여자가 태반인 상황에 여고생이 세 명이나 껴 있습니다. 그들은 자신들의 제한 시간 때문에 움직이고 있습니다."

화면을 보고 있던 박승우 대통령이 말했다.

대통령의 말이 끝나자 다들 한숨을 쉬고 몇몇 나라의 정상은 의자에 머리를 기대고 눈을 감았다.

미국 대통령은 손에 깍지를 꼈다. 그리고 카메라 앞으로 의자를 당겨 앉았다.

"지금 인류는 역사상 가장 어려운 시기를 맞고 있습니다. 우리는 모두 힘을 합쳐야 합니다. 포기하면 안 됩니다. 여기 있는 모두는 가디언이라는 여성이 한 이야기를 들었을 것입니다. 이제는 몬스터홀에서 버티는 것이 문제가 아닙니다. 모두 최대한 높은 레벨 귀환자들을 만들어내야 합니다."

미국 대통령은 말을 이었다.

"그때까지 저희 미국은 한국 귀환자 조합에 전폭적인 지원을 하겠습니다. 현재 인류의 생존은 그들에게 달려 있습니다."

화면의 모든 국가 정상이 고개를 끄덕였다. 그리고 화면이 하나씩 꺼졌다. 회의가 끝난 것이다.

꺼진 화면을 바라보는 대통령의 얼굴이 어두워졌다.

지금 한국은 세계적으로 가장 어려운 시기에 황금알을 낳는 거위를 가지고 있다. 하지만 거위는 주인과 사이가 나쁜 상황이다.

대통령은 검은 화면을 보고 말했다.

"귀환자 조합장과 약속한 내용은 오늘 발표되나요?"

"네, 저희는 할 만큼 한 상황입니다."

대통령은 비서실장의 말에 한숨을 내쉬었다.

정부는 오늘 전 정권의 소말리아 작전을 공개하고 책임자를 고발할 예정이다. 문제는 전 정권이 어차피 같은 당이라는 것이다.

책임자 고발 이상의 것을 하기에는 힘이 없었다.

이미 증거가 될 많은 자료는 며칠 사이에 태반이 폐기된 상황이다. 더군다나 이제 그쪽 라인과는 척을 지게 되었다.

귀환자 조합장과의 약속도 제대로 지키기 힘들게 생겼다.

"이 정도로 조합장이 만족할 리 없겠죠?"

"네, 만족 못 할 겁니다."

"저쪽 라인도 부글거리는 모양이던데요?"

"이런 공격을 받아본 적이 없었죠. 그쪽도 뭔가 수를 쓸 모양입니다."

"조 단장을 통해 조합장에게 최대한 설명하라고 해주세요. 이제 귀환자 조합은 우리가 통제할 수 없습니다."

대통령은 고개를 흔들었다. 이제 양쪽의 대응이 어떻게 될지가 관건이었다. 하지만 이제 다른 문제를 생각할 때였다.

"지금 북한 상황은 어떻죠?"

"몬스터홀 자체는 잘 막고 있는 모양입니다. 아직 모두 1레벨 몬스터홀입니다. 2레벨 몬스터홀이 생성되기 전까지는 문제가 없을 것 같습니다."

대통령은 고개를 끄덕이며 다음 안건으로 회의를 시작했다.

*　　　*　　　*

빈센트는 회의실에 들어와서도 어리둥절한 상태였다. 다행히 보람이 야근 후에 오피스텔에서 자고 있어서 성준의 부름에 바로 내려올 수 있었다.

회의실에는 한쪽에 빈센트가 앉아 있고 반대편에는 성준과 보람이, 성준의 뒤에는 수리가 서 있다.

수리는 정문 앞에서 성준에서 소리친 것을 자책하고 있었다. 그녀는 가디언의 책임을 다한다는 명목으로 영훈의 뒤에서 있었다.

성준에게 조금 전의 상황을 전해들은 보람은 위험한 행동을 한 성준의 행동에 성준을 째려보았다가 한숨을 내쉬었다.

보람은 성준의 이야기를 듣고 빈센트를 봤다. 외국인의 나이는 자세히는 파악하지 못하겠지만 대충 30대 중후반의 백인이다.

삶이 피곤했는지 얼굴에 그늘이 져 있어 어두워 보였다.

보람은 빈센트에게 말문을 열었다.

"좀 전에 조합장님 때문에 많이 놀라셨을 거예요. 제가 사과드릴게요."

"아뇨. 덕분에 끌려가지 않을 수 있었습니다. 그 검은 양복들은 누군가요?"

빈센트는 성준이 등장하자 바로 물러간 사람들이 생각났다.

"정부 쪽 사람입니다. 나름대로 저희를 지켜주고 있죠. 저희가 상당히 희소가치가 있거든요."

성준의 투박한 설명에 보람이 성준의 옆구리를 팔꿈치로 쳤다.

"외국에서 스파이 같은 사람들이 접근하는 모양이에요. 그래서 정부에서 저희를 보호해 주고 있답니다."

보람의 설명에 빈센트는 고개를 끄덕였다. 홈페이지에 쓰여 있는 정보만 봐도 한국 정부의 대응은 당연했다. 하지만 좀 전에 본 것은 자신의 예상을 엄청나게 벗어난 상황이었다.

"저… 그런데 뒤에 서 계신 분은 무슨 능력을 갖추고 계시기에 갑자기 나타난 건가요? 그리고 다들 영기 소모는 괜찮은 겁니까? 그렇게 영기를 쓰면 하루도 못 버티잖습니까?"

빈센트는 말을 하다가 질문이 늘어나 버렸다. 성준은 어깨를 으쓱했고, 보람은 다시 한 번 성준의 행동에 한숨을 내쉬었다.

"우선 본인 이야기부터 하시는 편이 좋을 것 같습니다만."

"아! 죄송합니다."

보람의 이야기에 빈센트가 정신을 차렸다. 그리고 자신이 이곳까지 온 이야기를 했다.

이야기를 다 들은 보람은 그제야 성준이 난리를 친 이유를 알았다. 보람의 눈이 빛났다.

"그럼 혹시 우리 조합에 가입하려고 오셨다고 생각해도 되겠습니까?"

빈센트는 고개를 끄덕였다. 좀 전 조합장의 열렬한 환영에 가능성이 높아 보여서 한껏 기대가 올라간 상황이다.

보람은 빈센트에게 말했다.

"몇 가지 조건을 확인해 봐야겠지만 조건은 괜찮아 보입니다. 몇 가지 양식의 서류를 드릴 테니 작성해 주시고요. 그럼 저희가 회의를 해서… 네?"

보람의 말을 성준이 막아섰다. 그리고 성준은 빈센트 방향으로 몸을 내밀었다. 빈센트는 성준이 앞으로 고개를 내밀자 흠칫 놀랐다.

감각으로 확인한 결과 이 사람에게는 직설적으로 이야기하는 편이 좋아 보였다.

성준은 빈센트에게 말했다.

"저는 다른 사람의 능력을 볼 수 있는 능력이 있습니다. 그리고 당신의 능력은 영기 장비 개조와 감각 전달이군요."

성준의 말에 다른 사람들이 깜짝 놀랐다.

이건 빈센트의 말과 달랐다. 영기 장비 개조라면 단지 무기 공격력을 강화하는 정도의 문제가 아니었다. 앞으로 성장한다면 얼마나 활용도가 늘어날지 알 수 없었다.

빈센트는 더더욱 어리둥절해졌다. 세상에 그런 능력이 있다는 이야기도 처음 들었고 자신의 능력이 그런 것인지도 몰랐다.

성준은 계속 말했다.

"빈센트 씨에게 제 비밀을 말하는 이유는 저희 귀환자 조합이 빈센트 씨와 함께하고 싶다는 것을 보여드리기 위해서입니다."

성준이 러시아에서 다 밝혀 버렸지만 아직 다른 곳에서는 아는 사람이 없었다. 빈센트는 호쾌한 성준의 말에 기뻤다.

이제 좀 안심이 된 그는 자신의 이야기를 했다.

"감사드립니다. 오면서 걱정을 많이 했는데 다행입니다. 조합장님이 터놓고 이야기하시니 저도 말씀드리겠습니다."

빈센트는 조금 미안한 표정으로 말했다.

"지금 제가 무기를 강하게 만들 수는 있지만 던전에서는 제가 도움이 전혀 안 될 겁니다. 전 전투 쪽은 정말 재능이 없습니다. 그나마 지금까지 살아남은 것도 다 주위의 도움 때문이었습니다. 더군다나 감각 전달 능력도 전투와는 거의 상관이 없습니다. 여러분께 피해를 줄 겁니다."

성준은 빈센트를 보면서 말했다.

"빈센트 씨는 저희의 무기 강화와 자신의 능력 활용 방법을 계속 연구해 주십시오. 그것도 던전에서 하실 필요 없습니다. 빈센트 씨가 던전에 최소한으로 들어가도록 저희가 돕겠습니다."

그 말에 빈센트는 입을 딱 벌렸다.

성준의 눈이 빛났다. 이로써 영기회복석이 정말 많이 필요할 것 같았다.

성준은 빈센트를 우선 남자들이 쓰는 오피스텔에서 쉬도록 했다. 그리고 빈센트에게 방을 안내하고 돌아온 보람과 회의를 시작했다.

보람은 성준을 보자 으르렁거리기 시작했다.

"영기 회복도 안 되는데 그 높은 곳에서 뛰어내리다니요! 영기가 모자라면 어떡하려고요!"

성준은 쓴웃음을 짓고 손을 들어 보람의 말을 막았다.

"수리한테 한소리 들었어. 주의하도록 할게."

보람은 성준의 말에 놀라 수리를 바라보았다. 수리는 보람의 얼굴을 외면했다.

보람은 잠시 뒤 놀란 표정을 지우고 이야기를 시작했다.

"빈센트 씨의 능력은 확인해 봐야겠지만 굉장한 능력인데요? 더군다나 다른 사람의 장비를 강화할 수 있으면 모두가 달려들 것 같아요."

보람의 눈에 돈뭉치가 지나가고 있었다. 성준은 고개를 좌우로 흔들었다.

"영기회복석이 없으면 거의 무용지물이야. 던전에 같이 들어가서 강화해야 할 판이니 쉽지 않지. 더군다나 2레벨 던전에 들어가야 하니까."

보람은 성준의 말에 고개를 끄덕였다.

"아직 2레벨 던전을 무사히 빠져나오는 팀은 거의 없죠. 밖에서 능력을 사용하려면 영기가 부족하고, 결국 우리밖에는 방법이 없군요."

성준은 보람의 말에 추가했다.

"아직 우리도 영기회복석이 부족해. 우선 2레벨 몬스터홀 하나를 빈센트와 같이 들어가서 무기를 강화하고 영기회복석을 최대한 많이 구해야 할 거야."

보람은 성준의 말에 고개를 끄덕였다.

그때였다. 성준의 전화에 연락이 왔다.

김 회장이었다. 성준은 모두에게 양해를 구하고 전화를 받았다.

"네, 최성준입니다."

—날세.

"안녕하십니까? 아침. 일찍 무슨 일이신지요?"

—러시아하고 무슨 일이 있었나?

"네? 아, 몇 가지 거래가 있긴 했습니다."

—정말 빨리 크는군.

김 회장의 말에 성준은 대답하지 않았다.

—러시아 은행에서 정부 지시라며 내 계좌로 돈을 보냈네. 그리고 자네에게 지금 조합이 있는 건물을 넘기라고 하는군. 시세보다 월등히 많은 금액이야.

"상당히 빠르군요. 벌써 처리했을 거라곤 생각도 못했는데… 다른 나라 정부하고는 다르군요."

—나로서는 어리둥절하기는 하지만 괜찮은 거래이니 오늘부로 건물의 소유주는 귀환자 조합일세. 사람을 통해 바로 서류를 보내겠네. 건물 관리팀에게도 연락할 테니 입주해 있는 사무실은 확인해서 처리하게나.

"네, 알겠습니다. 감사합니다."

성준은 전화를 끊었다. 옆에서 통화하는 것을 듣고 있던 보람의 눈이 반짝거렸다. 성준은 보람의 모습에 피식 웃고는 전화 내용을 말해주었다.

"오늘부터 이 건물은 저희 귀환자 조합의 것입니다. 김 회장님이 서류를 보낸다니 확인 부탁하겠습니다."

"만세!"

보람은 두 손을 번쩍 들고 외쳤다. 그리고 성준을 포옹했다가 꿀밤을 맞았다.

"아야!"

"사무실입니다. 품위를 유지해야죠."

수리가 성준의 뒤에서 보람을 보고 이야기했다. 보람은 이마를 붙잡고 고개를 숙였다. 보람의 표정은 아쉬움이 가득했다.

보람은 이쪽도 서류를 준비해야 한다면서 바로 회의실을 튀어나갔다. 얼굴 가득 신 나는 표정이다.

"정말 좋은 모양이야."

성준은 보람이 나가는 모습을 보며 말했다. 수리도 고개를 끄덕였다.

"다들 슬슬 자신의 자리를 찾는 것 같아 다행이야."

성준은 자리에서 일어나 창밖을 내다봤다. 밖에는 사람들이 자신의 일터로 움직이고 있었다.

"귀환자 조합장 이외의 나의 자리는 무엇일까?"

성준은 창밖을 보면서 조금은 배부른 고민을 했다.

그리고 좀 시간이 지나자 이번에는 조 단장이 헐레벌떡 성준을 찾아왔다. 아침의 일이 급히 보고된 모양이었다.

성준은 오늘 하루는 쉬려고 했지만 조 단장이 왔다는 소리에 완전히 포기하고 말았다.

성준과 수리가 회의실로 들어서자 조 단장이 바로 투덜거렸다.

"저 좀 살려주시기 바랍니다. 하루에도 심장이 몇 번이나 멈추는 것 같습니다."

"퇴직하시라니까요."

성준의 말에 조 단장은 한숨을 내쉬었다. 이제는 성준이 대놓고 꼬시기 시작했다.

"이제는 사표가 수리가 안 됩니다. 조합장님 덕분에요."

성준은 입맛을 다셨다. 방법을 다시 생각해 봐야 할 것 같았다.

"아침에는 무슨 생각으로 그런 활극을 하신 겁니까?"

성준은 조 단장에게 아침의 일을 설명했다. 단지 빈센트의 능력은 좀 두루뭉술하게 이야기했다. 아직 정부 소속인 조 단장에게 자세히 알려줄 이유는 없었다.

"결국은 조합에 가입하려고 온 괜찮은 능력을 갖추고 있는

2레벨 귀환자라는 이야기군요."

짧게 압축한 조 단장 이야기에 성준은 고개를 끄덕였다.

"그럼 그냥 말로 해도 될 것을 그런 활극을 하셨습니까?"

성준은 조 단장의 시선에 고개를 돌렸다.

"아무튼 그 사람의 신원을 확인해야 하니 인적 사항을 알려주시기 바랍니다."

성준은 조 단장의 이야기에 고개를 끄덕였다.

그리고 조 단장은 성준에게 성준과 정부의 거래 사항인 소말리아 사건의 처리 결과를 이야기해 주었다.

"오늘 청와대 대변인이 소말리아 사건을 발표할 것입니다. 부대의 사망한 모든 부대원은 명예 회복과 국립묘지 안장이 추진되고 정부는 소말리아 사건의 총책임자를 고발할 예정입니다."

성준은 조 단장의 말이 멈추자 조 단장을 쳐다보았다.

조 단장은 한숨을 내쉬었다.

"그게 끝입니다."

성준은 조 단장의 말에 인상을 찡그렸다.

"그쪽 라인에서 조직적인 반발과 함께 저항이 있었습니다. 책임을 져야 할 사람들이 아직도 상당히 정부에 포진해 있고 정부와 재계, 정치의 한 축이 그쪽 라인이니까요. 현재로써는 정부가 할 수 있는 한계입니다. 자료 자체가 다 소각

됐습니다."

성준은 조 단장의 말에 생각에 잠겨 있다가 말을 꺼냈다.

"정부 쪽 상황이야 진실인지도 알 수가 없고요."

성준이 파악한 바로는 조 단장은 진실을 이야기했다.

"어쨌든 정부는 약속을 지키지 못했습니다. 그런 관계로 더는 러시아에 가지 않겠습니다."

조 단장은 성준의 이야기에 입을 딱 벌렸다.

"안 됩니다! 그럼 인류가 멸망해요!"

성준은 시큰둥하게 대답했다.

"그 이야기는 약속을 못 지킨 윗분들에게 하세요."

조 단장은 식은땀을 흘렸다. 이야기가 이렇게 극단적으로 흘러갈 줄은 몰랐다.

"정부 쪽 상황도 좀 고려해 주시기 바랍니다. 아니면 우선 러시아 쪽의 상황을 안정화하고 다시 이야기해 보심이 어떻겠습니까?"

성준은 단호하게 고개를 흔들었다. 조 단장은 발등에 불이 떨어졌다.

생각해 보니 상대는 정치가나 일반인이 아니었다. 협상이나 협박이 통할 상대가 아니었다. 위에서 잘못 생각한 것이다.

"정부가 더 움직이기에 힘이 부족합니다. 제발 고려해 주시기 바랍니다."

조 단장은 이제 거의 간청했다.

"우리나라 정부가 힘이 없으면 급한 러시아 정부가 힘을 쓸지도 모르겠군요."

조 단장은 성준의 말에 소름이 끼쳤다. 정말 그렇게 될지도 모를 일이었다.

성준은 더 이야기하려는 조 단장을 보내 버렸다. 그 모습을 보고 수리가 성준에게 물었다.

"정말 러시아에는 안 갈 생각인가요?"

성준은 고개를 흔들었다.

"시간이 되면 갈 거야. 전에 수리가 이야기했잖아. 우선 거하게 질러놓고 시간 되면 너희가 불쌍해서 움직여 준다고 이야기하면 된다고."

성준은 어제 김 회장이 보내준 돈을 생각했다.

"수리 말이 효과가 아주 좋았어. 과연 이번에는 어떤 효과가 나올지 모르겠어."

성준의 말은 정부를 뒤집어놓았다. 그리고 러시아를 뒤집어놓았고 성준의 반대 세력을 뭉치게 하였다.

다음 날 성준은 회의실에 모인 모두에게 빈센트를 소개해 주었다

성준은 사람들을 둘러보았다.

하루 휴일 동안 다들 잘 쉬었는지 표정들이 좋았다. 하지만 보람은 온종일 일에 치여 보냈는지 다크서클이 볼까지 내려와 있었다.

"우선 독일에서 온 빈센트 씨를 소개해 드리겠습니다."

성준의 말에 모두가 어리둥절해했다. 성준은 모두에게 어제 있었던 일을 이야기했다. 그리고 빈센트의 능력에 대해 설명했다.

"우선 빈센트 씨에게는 조합의 가입을 긍정적으로 말씀드렸습니다. 하지만 모두에게 허락을 구하는 것이 맞을 것 같아 말씀드리는 것입니다."

그리고 성준은 빈센트에게 한마디 하게 했다.

"빈센트라고 합니다. 반갑습니다. 홈페이지에서 보고 항상 동경하고 있었습니다. 가입시켜 주신다면 열심히 하겠습니다."

성준은 모두에게 다시 말했다.

"빈센트 씨는 우리에게 꼭 필요한 귀환자입니다. 여러분 중에 혹시 빈센트 씨의 가입을 반대하는 분이 있으면 말해주십시오."

조합원은 모두 빈센트의 가입을 환영했다. 그때 혜라가 손을 들어 물었다.

"그럼 배분은 어떻게 해요? 빈센트 씨의 배분 문제가 있을 것 같은데요."

성준은 헤라의 말에 대답했다.

"빈센트 씨의 배분은 다른 방법으로 할 것입니다. 몇 가지 확인이 필요하겠지만 예상대로 된다면 빈센트 씨가 이 중에서 제일 부자가 될 겁니다."

성준의 말이 끝나자 보람이 피곤한 눈을 비비며 말했다.

"우선 김 회장님에게서 나머지 돈이 들어왔어요. 조합장님 말로는 돈들을 안 보내줘서 김 회장님이 대신 내주었다고 해요."

모두 보람의 말에 인상이 나빠졌다.

"그리고 러시아에서 감사금을 보내왔어요. 1인당 10억 정도 돌아갈 것 같아요."

"에계?"

헤라가 어이없다는 감탄사를 냈다. 다희가 헤라를 어이없다는 표정으로 바라보았다.

"너 정말 배포가 커졌다?"

"그래도 그렇잖아. 우리나라 몬스터홀을 정리해도 그것보다 많이 받았잖아."

"이번은 시간만 연장했잖아."

"그래도."

혜라의 입이 쑥 튀어나왔다. 그런 혜라와 다희의 말을 보람이 막았다.

"러시아는 대신 이 건물을 구매해서 우리에게 주었습니다."

혜라의 튀어나왔던 입이 바로 들어갔다.

"이제부터 이 건물은 저희 것입니다. 보안 문제 등으로 건물 관리부서랑 이야기해서 차근차근 입주 기업을 옮길 예정입니다. 최종적으로는 저희 귀환자 조합이 이 건물 전체를 사용할 것입니다."

모두 보람의 말에 입을 벌렸다. 보람의 배포가 소시민적인 다른 조합원들을 압도한 것이다.

"공실률이 상당히 높아서 나머지 업체는 금방 이주시킬 수 있을 겁니다. 그렇게 해서 보안업체를 들이고 오피스텔을 개인에게 배분하고 빈센트 씨의 연구실도 꾸밀 겁니다."

다들 보람의 이야기에 정신없이 고개를 끄덕였다. 빈센트도 정신없이 이어지는 이야기에 넋이 나가 버렸다.

보람의 말이 끝나자 성준이 말했다.

"현재 우리의 남은 시간으로는 러시아에 가기까지 한 번 몬스터홀을 들러야 합니다."

성준의 말에 모두 고개를 끄덕였다.

"이번 우리의 목표는 영기회복석과 2레벨 던전의 빠른 정리입니다. 이제 우리 실력으로 충분히 가능할 것으로 생각합니다."

성준은 모두를 돌아보았다.

"그래서 이번 우리 목표는 강릉의 몬스터홀입니다. 3일 후에 진입하겠습니다."

정 교관은 자신의 안대를 쓰다듬었다. 강릉은 자신이 크게 부상을 당한 곳이자 결국 자신의 눈을 잃어버린 곳이다.

하은이 보고 있는 창밖으로 비가 내리고 있다. 그녀는 창에 흐르는 빗방울을 따라 손가락을 움직였다.

오전 훈련을 마치고 점심을 먹은 하은은 사무실 근처의 커피숍에서 한가함을 즐기는 중이다. 그동안의 정신없는 생활이 좀 정리되는 느낌이다.

아직 주변 건물의 사무실이 많이 비어 있어서 카페는 한가했다. 카페로서는 불행한 일이지만 하은의 입장에서는 감사할 따름이다. 그런 한가한 커피숍에 다희와 헤라가 들어왔다.

"하은아~"

"계집애, 또 분위기 잡고 있네."

다희가 하은을 보고 손을 흔들었고, 헤라는 하은을 보고 투덜거렸다.

"어서들 와."

하은이 둘의 등장에 반가워했다. 그녀는 혼자 있는 한가함
도 좋았지만 이렇게 친구들과 이야기를 나누는 것도 즐거웠
다.

다희와 헤라는 점심 식사 때 입맛이 없다고 먼저 일어나 버
린 하은이 걱정돼서 이렇게 하은을 따라 커피숍으로 온 것이
다. 헤라와 다희도 커피를 사 들고 하은의 자리로 갔다.

"하은이 너, 마음이 많이 심란하냐?"

다희가 자리에 앉자마자 콕 집어 말했다. 하은은 피식 웃었
다. 다들 눈에 보이는 모양이다.

"너 정말 장난 아니구나? 정신 차려! 이제 20대 초반이야!
세상의 널린 게 남자야!"

헤라가 웃어넘기는 하은에게 바로 한마디 했다.

"글쎄. 내 마음이 마음대로 되면 그건 사랑이 아니겠지.
그리고 성준 오빠만 한 남자가 그렇게 많을까?"

헤라의 말에 대답을 한 하은이 다시 창밖의 빗방울에 시선
을 뺏겼다. 다희가 하은의 말에 동의했다.

"확실히 현 상황에서 지구 최강의 남자니까… 돈 버는 능
력도 확실한 것 같고. 거기다가 지금은 모델급의 얼굴과 몸매
이니 대항할 상대가 거의 없지. 암."

헤라가 다희를 째려봤다. 다희는 찔끔해서 입을 다물었다.

"그래도 수리 언니가 착 붙어 있잖아. 보람 언니도 만만치

않고, 거기다가 조합장한텐 자동 어장 관리 스킬도 있는 모양이고."

하은은 창에서 시선을 떼고 헤라에게 말했다.

"방법이 없잖아. 하루하루 힘들게 유지되는 팀인데. 다들 열심히 노력하고 있는데 팀을 분열시킬 수는 없어. 보람 언니도 그렇고."

하은은 커피를 손에 들면서 이어 말했다.

"그리고 수리 언니는 언니 자신의 말대로 사람이 아니야. 아무리 성준 오빠에게 붙어 있어도 그게 다야."

하은의 말에 헤라가 투덜거렸다.

"근데 왜 이렇게 청승이야?"

"그냥 울적해져서 그렇지, 뭐."

다희가 하은의 말에 한숨을 내쉬었다.

"너, 정말 좋아하나 보구나?"

"응, 그런가 봐."

분위가 가라앉자 헤라가 나서서 한마디 했다.

"에고, 안 되겠다. 기분 풀러 가자. 저녁에 물 좋은 곳에서 춤 좀 추자. 밤샘도 끄떡없는 체력을 놔두고 안 놀면 바보야."

"평균치 되는 남자들도 좀 만나보고."

다희의 눈도 반짝거렸다. 그때였다.

"저녁에 갈 때 저희가 에스코트하면 어떻겠습니까? 그때까지 저희가 멋진 곳으로 안내하겠습니다."

갑자기 들려온 말에 하은과 친구들은 고개를 돌렸다.

그곳에는 키가 늘씬한 남자 하나가 서 있었다. 그리고 그의 친구들인지 두 명의 남자가 다른 테이블에서 손을 흔들고 있었다.

헤라가 눈으로 서 있는 남자를 위에서 아래로 스캔해서 점수를 매겼다. 괜찮게 생긴 얼굴에 큰 키, 명품 옷에 한 손에 든 것은 외제 자동차 키였다.

헤라가 자신이 매긴 점수를 확인하고 깜짝 놀랐다.

"점수가 왜 이래? 반 토막이야."

항상 헤라가 남자를 보면 하는 일이 뭔지 아는 친구들은 헤라의 말에 한숨을 내쉬었다. 다희가 헤라에게 말했다.

"여태 몬스터홀 다니면서 만난 사람들 생각해 봐라. 저런 허우대만 멀쩡한 애들이 상대가 되는지."

헤라는 그동안 보아온 잘생기고 능력 있는 세계의 귀환자와 정부 요원들이 생각났다. 헤라가 머리를 잡고 절망했다.

"망했다. 내 눈높이가 하늘을 찌르고 있어."

자신의 눈높이에 슬퍼하던 헤라는 하은을 보고 한숨을 내쉬었다.

"대안이 없다. 사랑을 쟁취해라."

"그럴 생각이야."

기운을 되찾은 하은의 눈이 의지로 빛났다. 그녀는 이제 창문에 흐르는 빗방울에는 관심이 없어졌다.

"정말 저녁에 나이트클럽에 가도 소용없겠다."

"쇼핑이나 해야지, 뭐."

그녀들은 자신들끼리 이야기하며 커피숍을 나섰다. 그리고 그 뒤에 얼음이 된 남자가 서 있었다.

다음 날 성준과 보람은 경호업체 두 곳과 계약을 체결했다.

한 곳은 무인경비업체로 조합의 건물 경비를 담당하고 다른 곳은 출동경비업체로 무인 장비와 함께 건물을 경비하고 조합원들의 개인 경호를 담당하게 되었다.

모든 계약을 마치자 보람이 한숨을 내쉬었다.

"역시 돈 들어갈 곳이 많은데요. 보통 벌이로는 감당이 안 되겠어요."

"보통 조합이 이런 큰 건물을 가지고 있지는 않아."

성준은 보람을 보고 씩 웃었다. 그런 성준을 보고 보람도 웃고 말았다.

"수리 언니는 어디 갔나요? 성준 씨 옆에 없는 것은 오랜만인데요?"

"지금 다른 일행 훈련하는 것을 돕는 중이야. 정 교관이 말하는 것을 들으니까 다들 좋아한다던데? 실력이 쭉쭉 는다고."

보람이 성준의 말에 식은땀을 흘렸다. 실력이 쭉쭉 느는 것은 맞았다.

단지 절대 좋아하지는 않았다.

보람은 자신이 업무로 인해 훈련을 안 받게 된 것을 다행으로 생각됐다. 가디언인 수리와 훈련교관인 수리는 다른 사람이었다.

"이제 건물에 남은 업체들에게 잘 이야기해서 내보내고 빈센트 씨 작업장을 만들어드리면 대충 마무리가 될 거예요."

보람은 크게 기지개를 켰다. 그녀는 지금 무척이나 행복했다. 어머니는 안정적으로 자신이 번 돈으로 치료받고 있고 자신의 능력을 마음껏 뽐낼 수 있는 일에, 좋아하는 사람의 옆에 있을 수 있다.

보람은 성준을 힐끔 보았다. 가끔 독점하고 싶은 생각도 들지만 지금 이 상태도 나쁘지 않았다.

"그럼 보람이도 대충 오늘 일과는 끝난 거네?"

"네!"

보람은 성준의 말에 눈이 반짝거렸다. 성준의 말에 보람의 머릿속으로 여러 가지 상상이 휘몰아쳤다.

보람의 대답에 성준은 전화기를 꺼내 전화를 했다.

"수리, 보람이 오늘 일과 끝났대."

"에?"

성준은 보람의 놀란 표정에 전화기를 끊고 말해주었다.

"수리가 보람이의 일과가 끝나면 알려달라고 했거든."

그리고 잠시 뒤 문을 두드리고 소리가 들어왔다.

"기다렸죠? 가요. 보람 씨는 훈련을 많이 못 받아 제가 주인님께 부탁했어요."

보람은 어이없는 표정으로 수리에게 끌려 나갔다. 성준은 보람에게 손을 흔들어주었다.

빈센트에게는 폭풍 같은 3일이 지났다.

건물 앞에서의 조합장과의 만남부터 조합원들의 소개, 개인 오피스텔, 인적 사항 확인과 각종 전달 사항, 개인 훈련 등 정신이 하나도 없었다.

거기다가 뜬금없는 독일 총리의 전화는 화룡점정이었다.

국가를 위해 팀 내에서 최선을 다해 달라는 전화에 빈센트는 전화를 마치고 나서 전화기에 가운뎃손가락을 내밀었다.

그리고 그는 아직도 정신을 못 차린 상태로 강릉의 몬스터홀에 와 있었다. 강릉의 몬스터홀은 성준이 영기분석으로 파악한 바로는 최대 2레벨 몬스터홀이었다. 옆에서 성준이 빈센트에게 이야기했다.

"이제 저희 조합원이니 한 번은 호흡을 맞추어야 해요. 나중에 영기회복석이 좀 모이면 바로 지급해 드릴게요. 그때부터는 몬스터홀에 안 들어가서도 될 거예요."

빈센트는 중간에 들은 영기회복석이란 말에 깜짝 놀랐다. 만약 숫자만 충분하면 전 세계의 넘버피플이 일상적인 삶을 영위할 수 있을 것이다.

하지만 영기회복석을 구하기란 정말 어렵다는 말에 빈센트는 안타까운 신음만 낼 뿐이었다.

"자, 출발합시다!"

성준이 모두에게 소리쳤다.

빈센트는 일행의 분위기가 익숙하지가 않았다.

그동안 자신과 넘버피플은 몬스터홀을 들어갈 때마다 지옥에 들어가는 절망의 분위기를 풍겼다.

하지만 이들은 이곳에 도착하는 순간 분위기가 바뀌었다. 그전까지는 학생과 직장인의 느낌이었는데 어느 순간 숙련된 군인, 혹은 용병의 느낌이 풍겼다. 이들은 몬스터홀을 보고도 일을 처리하러 나가는 전문가들 분위기다.

빈센트는 호영의 도움으로 몬스터홀의 바닥에 내려설 수 있었다. 그리고 성준이 마지막으로 바닥에 내려서자 밝은 빛이 모두에게 비추었다. 빈센트로서는 난생처음 경험하는 2레벨 몬스터홀의 진입이었다.

빛이 사라지자 빈센트는 주위를 둘러보았다. 1레벨 시작 지점과 크게 차이가 없었다.

"자, 서두릅시다. 우선 여기에 베이스캠프를 설치합니다. 빈센트 씨가 무기들 작업을 해야 하니 우선 오늘은 천천히 움직일 예정입니다."

모두 자기 일을 찾아서 움직이기 시작하자 성준이 이어서 말했다.

"예정대로 한 명씩 빈센트 씨에게 무기를 맡겨요. 그리고 알죠? 개조 비용 1억입니다. 빈센트 씨에게 지급될 겁니다."

"역시 비싸! 빈센트 오빠, 좀 깎아줘요."

"어차피 목숨값이야. 난 오히려 싸다고 보는데?"

헤라와 하은의 말에 빈센트는 한국이 세계 제일의 부국일지도 모른다는 착각을 했다.

"이 가격이 나중에 기준이 될 거예요. 다들 그리 부담은 안 되잖아요? 그럼 한 명씩 부탁할게요."

성준은 마지막으로 빈센트에게 부탁했다. 그리고 빈센트는 한 명씩 무기에 영기의 선을 만들기 시작했다. 1억짜리였다. 빈센트의 손이 약하게 떨렸다.

"거의 영기 전부를 쏟아 부어서 한 명분을 만드는군."

"네. 2레벨 100을 채워야 두 명분이 가능할 것 같아요."

빈센트가 작업하는 모습을 보면서 성준과 보람이 이야기했다.

"영기회복석 네 개에 무기 하나 꼴이군."

"네, 영기회복석이 많이 필요하겠는데요?"

성준은 머리를 긁적였다.

"역시 장사 좀 해보려고 했는데 쉽지 않네. 어쨌거나 영기회복석을 최대한 구해보자."

성준의 말에 보람이 고개를 끄덕였다.

어느덧 미리의 차례가 되었다. 미리가 눈을 반짝이면서 말했다.

"혹시 화살 하나하나에 할 수 없을까요?"

미리의 뒤에는 화살이 가득 담긴 화살통 여러 개가 있다. 빈센트는 고개를 좌우로 흔들었다. 말도 안 되는 소리였다.

"미리, 그거 다 하면 수백억이야!"

보람이 미리가 하는 이야기에 화가 나서 소리쳤다.

아무튼 여러 소란 끝에 모두 무기를 강화할 수 있었다. 성준은 자신의 검을 확인했다.

─발렌 제국 제식장검─각성.

─영기 레벨 2.

─영기 성장치 100.

─영기 200.

─절단강화 레벨 1, 독날 생성 레벨 1, 검 강화 레벨 1.

─코어 보석에 의해 각성된 검.

─사용자의 영기를 사용해 검의 성능을 강화할 수 있다.

─영기 능력치 230.

성준은 자신의 영기를 검에 넣어보았다. 그의 감각에 검에 흐르는 영기가 검 자체의 영기와 호응하는 것이 보였다.

성준은 검을 휘둘러 보았다. 검의 움직임이 가벼웠다.

이어 검을 바위에 꽂아보았다. 성준이 힘을 주자 검이 쑥 들어갔다. 이 정도면 전설의 명검 수준이다.

쾅!

성준의 뒤에서 폭음이 들렸다. 성준이 돌아보자 뒤에서 활을 들고 미리가 어안이 벙벙해 있다.

"똑같이 쏘았는데 두 배는 강하게 쏘아지는데요?"

성준이 화살이 맞은 자리를 확인하니 화살에 맞은 바위가 깨져 나가 있다. 화살도 박살이 난 것을 보니 아무래도 화살 촉도 강력한 소재로 바꾸어야 할 것 같았다.

수리가 자신의 검을 이리저리 움직여 보다가 성준에게 말했다.

"감각은 달라지지 않았어요. 그런데 영기 소모가 꽤 있는 모양인데요?"

성준은 고개를 끄덕였다. 빈센트의 강화는 무기 소지자의
영기를 사용해서 무기의 성능을 올리는 방식이었다.

"뭐 당연히 무기가 강력하게 되면 무엇인가가 소모되는 것
이 당연하겠지."

아무래도 이제부터는 영기 관리가 더 중요할 것 같았다.

성준은 모두에게 소리쳤다.

"우선 일 차 탐사를 시작합니다! 모두 모이세요!"

일행은 모두 자신의 무기를 들고 자리를 잡았다. 그리고 일
행의 끝에 빈센트도 같이 섰다.

"자, 출발합시다!"

성준이 앞장선 채로 일행 모두는 밖으로 향하는 동굴로 움
직이기 시작했다.

성준은 일행의 앞에서 정찰하고 수리는 그런 성준의 뒤에
바짝 붙어서 따라오고 있다.

시작 지점에서 출발한 동굴은 어느 던전이든지 항상 비슷
한 형태를 취하고 있었다.

성준은 동굴을 따라 조금씩 위로 올라갈수록 공기가 눅눅
해져서 기분이 나빠졌다. 마침내 동굴의 끝에 도착해서 던전
을 둘러보자 그곳은 온통 안개가 가득했다.

성준은 안개만이 보이는 던전에서 시선을 돌려 아래를 내려다보았다.

자신이 있는 동굴 아래로 바닥이 보인다. 바닥은 온통 축축한 흙으로 이루어져 있었다.

"아무리 봐도 습지 같은데?"

성준은 다시 주위를 둘러보았다. 안개로 인해서 시야가 100m도 되지 않았다. 성준은 감각을 활성화하고 바닥에 내려섰다.

푹!

신발이 바닥 깊숙이 자국을 만들었다.

성준의 뒤로 수리가 내려오고 다른 일행이 한 명씩 뛰어내렸다. 마지막으로 빈센트가 내려왔는데, 잘못 착지했는지 엉덩방아를 찧었다.

"시야가 매우 좁아. 보람아, 네가 안개를 걷을 수 있을까?"

성준은 주변의 안개를 손으로 가리키며 보람에게 부탁했다. 보람은 양손을 펴서 주위의 안개를 조정하기 시작했다.

보람의 손에 의해 안개는 일행의 반대편으로 밀려나기 시작했다.

잠시 뒤 안개는 일행의 주변에서 깨끗하게 걷혔다. 성준은 주위를 둘러보았다. 확실히 이곳은 습지이자 늪지였다. 물을 가득 머금은 바닥에 군데군데 풀이 나 있고 이곳저곳에 웅덩이가 보였다.

보람이 영기를 다 썼는지 손을 내리자 다시금 일행을 향해 안개가 밀려왔다. 성준은 밀려오는 안개 너머를 바라보았다. 여태까지의 던전과 같은 형태라면 던전 안쪽은 더 심한 형태의 늪지일 것이다.

"모두 여기를 봐주세요!"

성준이 일행을 향해 소리쳤다.

"아무래도 이곳은 습지인 모양입니다. 바닥이 몹시 젖어 있고 중간에 늪이 있을 수도 있습니다. 최대한 제 뒤에 붙어서 따라오시고 저와 많이 벗어나면 안 됩니다."

성준의 말이 끝나자 일행은 긴장했다. 모두 늪지인 던전은 처음이다.

성준은 모두를 둘러보고 호영을 불렀다.

"아무래도 위급 시에는 나무를 만들어 주위에 던져 주세요. 급하게 움직이려면 단단한 지반이 필요해요."

성준의 말에 호영은 고개를 끄덕였다. 그리고 성준은 일행을 출발시켰다.

안개로 멀리까지 보이지 않아 일행의 움직임은 느렸다. 그렇다고 매번 보람이 나서서 안개를 밀어내기에는 영기의 소모가 커서 위급 시에 문제가 되었다.

성준은 감각을 활성화하고 앞에서 일행을 이끌었다. 주위는 조용했다. 성준의 감각에도 안개가 흐르는 것만이 느껴졌다.

성준은 전방에 큼지막한 바위들이 있는 걸 발견했다. 이 근처는 바위 지대인 모양이다. 바위는 흙 속에 반쯤 묻혀 있는 것도 있고 살짝 위에 올려진 것도 있었다.

성준은 가까운 바위에 감각을 활성화해서 확인하다가 영기분석이 자동으로 활성화되는 것을 느꼈다.

─습지형 갑각류 실험체.

─1등급.

─습지 테스트를 위해 제조.

─특이 능력: 없음.

─강점: 단단하다.

─단점: 느리다.

─수면.

성준은 정보를 보고 피식 웃었다.

"돌게다."

성준의 말에 일행 모두는 바위를 바라보았다.

나중에 귀환자 조합에 들어온 사람들도 홈페이지에서 보았기 때문에 앞의 바위가 무엇인지 알아차렸다.

성준은 일행을 정지시켰다. 그리고 정 교관에게 일행의 지휘를 넘겼다.

정 교관은 이 기회에 빈센트의 강화 능력을 시험해 볼 생각이다. 정 교관은 미리에게 손짓했다.

미리는 정 교관의 지시에 화살을 하나 꺼내 입에 물었다. 그리고 침이 묻은 화살을 활에 걸고 강하게 당겼다. 성준이 감각을 활성화해서 바라보자 미리가 활과 영기를 공유하는 모습이 보인다.

활대와 활줄로 영기가 흐르고 있었다. 성준이 보고 있는 동안에 미리가 맨 앞의 돌게 몬스터를 향해 화살을 쏘았다.

슈우우!

화살은 바람을 가르면서 몬스터가 변한 바위를 향해 날아갔다.

퍽!

화살이 바위에 박혔다. 그리고 움찔 움직이려던 몬스터는 다리가 반쯤 빠져나오다가 마비됐다.

미리가 주먹을 꽉 쥐었다. 이제 공격력이 약해서 생긴 자격지심에서 탈출할 수 있었다.

그리고 그 뒤를 이어 하은이 쇠뇌를 쏘았다. 요즈음에 하은은 거의 공격 쪽에는 도움을 줄 수가 없었다. 그래서 이번의 무기 강화가 하은에게는 도움이 많이 되었다.

픽!

쇠뇌에서 발사된 화살도 몬스터에 박혔다. 몬스터는 화살이 박힐 때마다 움찔거렸지만 일어나지는 못했다. 마비가 심하게 된 모양이다. 그리고 수리가 바위 앞으로 다가가 검을 휘둘렀다.

끼기긱!

검은 바위에 스파크를 튀기면서 지나갔다. 바위 가운데가 쩍 갈라졌다. 상처에서는 녹색의 피가 흘러나왔다.

수리는 피가 넘쳐흐르는 잘린 면을 손으로 이곳저곳 확인하고 뒤로 물러섰다.

그 모습에 다른 조합원들은 질린 표정이다. 이런 모습이 수리를 함부로 대하지 못하는 이유 중 하나였다.

대충 확인이 된 것 같아 정 교관은 자신의 창에 영기를 주입하고 능력을 주입해 보았다. 하지만 영기를 주입한 창은 능력을 받아들이지 못했다.

정 교관은 아쉬워하면서 영기 주입을 중지하고 능력을 사용해 창을 몬스터에게 날렸다.

쾅!

팔다리가 반쯤 나온 바위는 큰 소리를 내면서 좀 전에 잘린 배가 터져 나갔다. 그리고 바위는 연기가 되어서 사라졌다.

정 교관이 낸 소리에 주변의 모든 바위가 잠에서 깼다.

"어이… 어이."

성준은 어이없는 상황에 푸념했다. 정 교관은 아차했다가 바로 일행을 전투 진형으로 전환시켰다.

깨어난 몬스터가 수십 마리가 넘는 것 같았다. 전에는 동굴이라서 앞쪽만 걱정하면 되었는데 이곳에서는 사방에서 몬스터들이 접근했다.

하지만 일행은 침착하게 접근하는 몬스터들을 향하여 자신의 무기를 들었다. 그리고 일행의 가운데에서 보람이 양손을 들어 올렸다. 이곳은 안개 속이다. 보람이 가진 물 이용 능력의 최적지였다.

보람의 손에서 검은 연기가 피어나더니 안개로 변해 주위 안개와 섞여갔다. 그리고 안개가 몬스터들에게 모여들었다.

몬스터들이 축축해지고 있는 느낌이 들자 보람은 자신의 두 번째 능력을 사용했다.

끼익, 끽!

몬스터들의 관절이 안개로 만들어진 물과 함께 얼어붙었다. 일행을 향해 달려들던 몬스터들의 움직임이 굼떠졌다.

그리고 그런 몬스터들을 향해 일행의 공격이 날아갔다. 혜라의 공격에 몬스터들의 돌덩이로 이루어진 팔다리에 구멍이 뻥뻥 뚫렸고, 다희의 공격에 몬스터들이 사방으로 터져 나갔다. 그 뒤에 성준과 수리가 몬스터들을 향해 달려나갔다.

빈센트는 일행의 가운데에서 멍하니 일행의 전투 장면을 바라보았다. 전투 장면이 뭔가 비현실적이었다.

저 돌게는 자신도 본 적이 있는 몬스터다. 딱딱한 몸체 때문에 다들 피해가는 몬스터였다. 홈페이지에는 관절을 공격하라고 했지만, 그 방법을 시도하다가 많이 죽어 나갔다.

그런데 그런 몬스터들이 눈앞에서 학살당하고 있다. 그리고 방금 앞으로 달려나간 조합장은 빈센트의 눈앞에서 하늘로 날아오르고 있다. 앞의 몬스터에 뛰어올라서 검으로 몬스터의 머리에 쑤셔 넣더니 다른 몬스터를 향해 날아갔다.

점프도 멀리 했지만, 분명히 중간에 허공을 박차고 다시 솟구친 것이 분명했다.

그리고 홈페이지에 쓰여 있는 관절을 공격하라는 말을 조합장과 같이 움직이는 눈부신 미인이 시범을 보이고 있다.

그 모습을 보던 빈센트는 홈페이지에서 그 부분을 삭제하자고 건의해야겠다고 생각했다. 저건 보통의 귀환자가 할 수 없었다.

잠시 뒤 주위에 있던 돌게 몬스터가 모두 연기가 되어 사라졌다.

성준은 자신의 팔목을 보았다. 이제 1레벨 몬스터들은 거의 성장치 증가에 도움이 안 되는 것 같았다.

다른 3레벨 귀환자들도 자신의 손목을 보고 인상을 썼다.

"자신의 레벨의 맞는 던전에 들어가라는 이야긴가 보군."

정 교관도 자신의 팔목을 보고 인상을 쓰면서 말했다.

몬스터들이 다 사라지자 화살을 거둬들이던 사람들도 인상을 썼다.

"화살촉이 멀쩡한 게 없어요. 다 망가졌는데요?"

성준이 미리의 말에 미리가 들고 있는 화살을 확인했다. 화살촉이 완전히 망가져 있다. 기존의 활보다 강해져서 생긴 문제 같았다.

"다들 화살 쏠 때 조심해요. 자칫하다간 화살이 부족하겠어요. 그리고 이번에 돌아가서는 화살촉도 다시 바꿔야겠어요."

그래도 모두는 강해진 무기에 만족했다. 이제 무기가 몬스터에 안 박혀서 구경만 하는 일은 없을 것 같았다.

빈센트도 자신이 한 강화에 모두 만족하자 한숨을 내쉬었다. 그렇지만 자신도 이 팀에 도움이 되고 싶었다. 그는 화살을 거둬들이는 일행을 도와주면서 자신이 도움 줄 수 있는 것이 무엇인지 고민하기 시작했다.

빈센트는 자신의 능력을 다시 확인해 봤다. '감각 전달'이라는 이 능력은 자신의 감각을 활성화해서 주변의 사물을 인식하는 것이다. 하지만 앞에서 주변을 감시하고 있는 조합장에 비하면 너무나 떨어지는 능력이다.

그는 다시 한 번 자신의 능력을 활성화해 보았다.

쿵! 쿵! 쿵!

능력을 활성화하자 갑자기 땅에서 진동이 느껴지기 시작했다. 수많은 단단한 물체가 이동하는 듯한 느낌이다. 빈센트는 슬며시 손을 들었다.

"저~ 조합장님, 제 능력에 뭐가 잡히는데요?"

성준은 자신을 부르는 소리에 고개를 돌렸다. 빈센트가 손을 들고 있다.

"네? 말씀하세요."

"제가 감각 전달이라는 능력을 사용해 보았습니다. 그런데 사방에서 단단한 물체가 접근하고 있는데요?"

성준은 빈센트의 말에 전방을 바라보았다. 안개 때문에 멀리까지 보이지 않았다. 성준은 능력을 사용해서 전방을 향해 뛰어나갔다.

성준이 그렇게 300m 정도를 전진하자 안개 사이로 수많은 검은 실루엣이 보이기 시작했다.

전투 소리에 이끌려서 온 돌게 몬스터들이었다. 실루엣은 옆으로 끝도 없이 나타나고 있었다.

성준은 시각에 많이 의존하는 자신의 능력이 이번만큼은

아쉬웠다. 성준은 일행이 포위당하기 전에 후퇴인지 돌파인지 정해야 했다. 지금은 빈센트의 능력에 의지해야 할 것 같았다.

성준은 바로 일행에게 돌아왔다.

"빈센트 씨, 능력을 사용해서 몬스터들의 숫자하고 무리의 세로 폭을 확인할 수 있나요?"

빈센트는 바로 능력을 사용했다.

"제 능력으로는 방금 400마리까지 느껴졌습니다. 그리고 정면의 몬스터들 폭이 100m 정도로 느껴졌습니다. 그런데 옆으로는 끝을 모르겠습니다."

다행이었다. 예상보다 진형의 두께가 얇았다. 정 교관도 같은 생각인지 성준을 바라보았다.

"돌파합시다."

성준은 일행을 보고 말했다. 정 교관과 수리도 동의했다. 정 교관은 진형을 다시 바꾸었다. 재식이 제일 앞에 서고 성준과 정 교관이 재식의 한 걸음 뒤에서 양쪽으로 섰다. 그리고 그 뒤에 수리와 호영이 서고 나머지 인원이 가운데와 뒤쪽에 섰다.

일행은 삼각뿔 모양으로 진형을 갖추었다. 쐐기진이다.

"출발!"

성준의 말에 모두 속보로 앞을 향해 달려갔다. 바닥이 단단하지 않아 전진이 힘들었지만 모두 강해진 체력으로 달려나 갔다.

일행이 100m 정도 달려나가자 몬스터들의 실루엣이 보이기 시작했다. 그동안 몬스터들이 몰려온 것이다.

재식이 방패를 고쳐 쥐고 앞으로 내밀었다. 그리고 선두의 몬스터와 충돌하기 직전 재식의 정면에 반투명한 거대한 방패가 떠올랐다.

재식의 방패 능력이다.

쾅!

재식은 자신의 방패 능력과 육체 강화를 동시에 사용했다. 영기가 많이 소모되는 것이 피부로 느껴졌다. 재식은 방패 능력을 비스듬하게 사용해 몬스터를 옆으로 흘렸다.

재식의 방패 능력에 옆으로 밀려난 몬스터는 눈앞으로 정교관의 창이 날아오는 것을 보았다.

퍼퍼퍽!

몬스터는 능력으로 인해 빛나는 창에 사방이 파이면서 튕겨 나갔다. 그리고 일행은 튕겨 나간 몬스터를 무시하고 달려 나갔다.

계속해서 충돌하는 몬스터를 재식은 좌우로 흘려보냈다. 흘러나온 몬스터를 정 교관은 창으로 멀리 튕겨 버렸고, 성준은 검으로 잘라 버렸다.

성준과 정 교관이 놓친 몬스터는 뒤에 있는 호영과 수리가 통나무로 밀어버리거나 관절을 베어버렸다.

사방에서 접근하는 몬스터들은 화살을 맞고 터지거나 관통당했다. 그리고 나머지 몬스터들은 잠들어 버렸다.

그중에서도 역시 가장 활약이 큰 것은 보람이었다.

물 만난 물고기처럼 능력을 사용해서 몬스터들의 관절을 얼려 움직임을 봉쇄했다. 그 덕분에 다른 사람들이 편하게 몬스터들을 공격할 수 있었다.

일행은 금방 몬스터들을 돌파할 수 있었다. 일행이 마지막 몬스터를 따돌리고 한숨 돌렸을 때 빈센트가 소리쳤다.

"전방에 몬스터들이 일렬로 서 있어요!"

성준은 머릿속에 던전에서 돌게 엘리트 몬스터가 일렬로 돌 탄환을 날린 기억이 떠올랐다.

"방어 최대! 돌게 엘리트 몬스터야!"

보람이 급하게 전면에 물로 방패를 만들기 시작했다. 재식도 방패를 만들어 냈다.

펑펑펑!

앞쪽에서 무엇인가 쏘는 듯한 소리가 들리더니 일행을 향해 돌덩어리들이 빠른 속도로 날아오기 시작했다.

성준은 눈앞으로 날아오는 돌덩어리들을 보았다. 그는 날아오는 주먹만 한 돌덩어리들 위로 뛰어올랐다. 그리고 허공을 박차 앞으로 날아갔다.

콰콰콰쾅!

성준의 뒤쪽으로 보람의 물 방패와 재식의 방패 능력에 돌덩어리들이 부딪치는 소리가 울려 퍼졌다.

성준은 일행을 믿고 다시 한 번 허공을 박찼다. 성준의 아래로 수많은 돌덩어리가 지나갔다.

그리고 성준의 눈앞에 일렬로 늘어서서 전방을 향해 양 집게발을 들고 돌 탄환을 쏘는 엘리트 몬스터들이 보였다. 성준은 영기가 떨어지기 직전 아슬아슬하게 한 엘리트 몬스터 위로 내려설 수 있었다.

성준은 바로 절단강화를 걸고 엘리트 몬스터의 머리를 찔렀다.

영기를 아낄 시간이 없었다. 그리고 바로 옆 엘리트 몬스터를 향해 뛰었다. 성준의 뒤에서 엘리트 몬스터가 검은 연기가 되어 사라졌다.

성준이 뛰어들자 엘리트 몬스터들은 집게발을 성준을 향해 방향을 돌렸다.

"이런."

성준은 감각에 걸린 수없이 날아오는 물체에 기겁했다. 성준은 바로 얼마 안 남은 영기를 쥐어짜 허공을 향해 손을 휘둘렀다.

쿵!

성준은 내려서려고 하던 엘리트 몬스터의 바로 앞에 처박혔다. 그의 위쪽으로 수많은 돌덩어리가 지나갔다.

성준은 눈앞의 엘리트 몬스터의 양팔이 자신을 가리키는 것을 보고 급하게 엘리트 몬스터의 다리 사이로 몸을 굴렸다.

퍼벅!

성준이 있던 자리는 엘리트 몬스터가 쏜 돌덩어리로 움푹 파여 버렸고, 몬스터의 다리 사이로 굴러가면서 검을 휘두른 성준에 의해 엘리트 몬스터는 그 자리에서 뒤로 넘어갔다.

성준은 숨 돌릴 틈도 없이 다음 엘리트 몬스터를 향해 능력을 사용해 뛰었다. 몬스터들은 성준이 움직이는 방향을 향해 쉴 틈 없이 돌덩어리를 쏘아댔다. 성준은 감각을 최대로 올리고 능력을 사용해서 미친 듯이 돌덩어리를 피해냈다.

성준은 마치 피칭머신 수십 대에서 동시에 쏘아대는 야구공을 피하는 느낌이 들었다. 문제는 이 야구공은 한 대만 맞으면 죽는 야구공이었다.

다행히 성준의 능력은 성준의 목숨을 살려주었다. 성준은 날아오는 돌덩어리들을 모두 피하면서 한쪽의 엘리트 몬스터들을 모두 제거할 수 있었다. 성준은 한쪽 끝의 몬스터를 검으로 갈라 버리고 뒤를 돌아보고 한숨을 내쉬었다.

남은 몬스터의 숫자에 막막했다. 영기가 부족해서 아무래도 장기전으로 가야 할 것 같았다.

하지만 성준은 일행을 잊어버리고 있었다. 성준의 앞에서 몬스터들이 터져 나가기 시작했다.

일행은 성준에 의해 몬스터들의 공격이 멈추자 바로 몬스터들을 향해 뛰어왔다.

그리고 재식과 보람이 방패를 만들고 나머지 인원은 몬스터들을 향해 공격을 쏟아 붓기 시작했다.

몬스터들은 재식과 보람의 방패를 향해 돌덩어리들을 날리다가 일행의 공격에 모두 격파당했다.

그리고 잠시 뒤, 일행은 몬스터를 격파한 것을 기뻐할 틈도 없이 모두 온몸에 진흙을 묻히고 땅을 헤집기 시작했다. 구슬이 땅에 떨어져서 흙 속에 파묻혀 버린 것이다.

일행이 난리를 치고 있을 때 빈센트가 땅바닥에 손을 대고 능력을 활성화했다.

빈센트의 뇌리에 주변의 땅 위와 땅속 정보가 들어왔다. 빈센트는 모두에게 구슬의 위치를 알려주었고, 그는 무기를 강화했을 때보다도 훨씬 칭송을 받았다.

"빈센트 씨가 없었으면 반은 못 찾았을 거예요."

보람은 구슬이 든 주머니를 들고 행복해하면서 말했다. 20개가 넘는 1레벨 구슬이다.

"이제는 1레벨 구슬은 쉽게 모을 수 있겠어. 문제는 2레벨, 3레벨 구슬이야. 이젠 2레벨 엘리트 몬스터를 찾아다녀야 할 판이군."

성준의 말에 능력을 활성화하고 있던 빈센트가 이야기했다.

"아무래도 찾아다니지 않아도 될 것 같은데요?"

성준과 일행이 빈센트를 바라봤다.

"저쪽에서 거대한 무엇인가가 다가옵니다."

빈센트는 일행의 전방을 가리키고 있었다.

"아, 전방에 몬스터들이 없는 것이 엘리트 몬스터 영역이었나?"

성준의 말을 들으며 빈센트는 바로 도망갈 준비를 했다. 여태 방송에서 본 외부 던전의 2레벨 엘리트 몬스터들과 홈페이지에서 본 내용에 의하면 대적 불가의 몬스터였다.

성준이 빈센트의 모습에 의아해하며 물었다.

"왜 그렇게 불안해하는 거죠?"

"2레벨 엘리트 몬스터잖아요. 도망가야죠!"

성준은 빈센트의 말에 씩 웃었다.

"우리가 어떻게 3레벨 귀환자들이 되었다고 생각하세요?"

"어… 그거야… 어라?"

성준은 무엇인가 깨달은 빈센트를 뒤로하고 일행에게 소

리쳤다.

"2레벨 엘리트 몬스터 등장! 모두 전투 준비!"

성준의 말에 일행은 투덜거렸다.

"아이고, 쉴 틈을 안 주네."

"그래도 남아 있는 2레벨 귀환자들 레벨을 올려야지."

"이번에는 좀 상성이 좋은 놈 나와라. 고생 좀 시키지 말고."

그리고 일행은 온몸에 덕지덕지 붙은 진흙을 떼어내면서 전방을 향해 진형을 갖추어갔다.

잠시 뒤 일행의 귀로 큰 발소리가 들려왔다.

쿵! 쿵! 쿵!

일행의 앞에 커다란 실루엣이 보이기 시작했다. 실루엣의 모양을 보니 아무래도 네발짐승인 모양이었다.

실루엣은 점점 커지더니 안개를 뚫고 그 형체를 드러냈다.

"수달?"

처음으로 나타난 얼굴 부위를 보면서 미리가 말했다. 몸이 드러나자 다들 고개를 갸우뚱했다. 수달치고는 몸 생김새가 지저분했다. 그리고 꼬리가 드러나자 여성들이 비명을 질렀다.

"쥐다!"

얼굴은 나름 수달을 닮아 예쁘장했는데 쥐의 꼬리가 등장하자 인상이 확 바뀌었다.

몬스터는 머리끝까지 높이가 3m도 넘었고 몸길이도 꼬리를 제외하고 10m가 넘는 듯했다. 몸 전체가 털로 덮여 있는데 물인지 기름인지로 인해 표면이 미끄러워 보였다. 그래서 얼굴이 예쁘장하게 보인 것 같았다.

성준은 일행을 돌아보았다. 다행히 다들 침착해 보였다. 하지만 여성들의 팔에 소름이 쫙 돋아 있는 것을 보니 혐오감이 장난이 아닌 모양이다.

성준은 바로 몬스터에게 영기분석을 사용했다.

―습지형 포유류 적응형 각성 버전.

―2등급.

―습지의 적응을 확인.

―특이 능력 각성: 절단강화, 영기 압축.

―강점: 강력한 이빨과 발톱, 필살기 존재.

―단점: 지능이 낮음.

―흥분.

성준은 뒤에 대고 소리쳤다.

"절단강화와 영기 압축이에요!"

"영기 압축은 또 뭐야?"

성준의 말에 호영이 투덜거렸다. 성준도 무슨 내용인지 어리둥절했다. 아무튼 보람과 재식은 방패를 생성하고 일행은 모두 몬스터를 향해 무기를 들었다.

엘리트 몬스터는 눈앞의 일행을 보고 몸을 부르르 떨었다. 그러자 몸에 착 달라붙어 있던 털이 모두 위로 솟구쳤다.

모두가 징그러운지 팔의 소름이 더욱 눈에 띄었다.

털을 일으킨 몬스터는 바로 일행을 향해 커다란 입을 벌렸다. 그러자 몬스터의 입안 공간에서 검은 연기가 뭉치기 시작했다.

성준은 감각을 활성화하다 깜짝 놀랐다. 몬스터의 영기가 입안에서 뭉쳐지고 있었다.

"모두 입을 향해 공격! 방어는 비스듬히 해요! 강한 공격이 옵니다!"

일행의 화살과 창이 몬스터의 입을 향해 날아갔다.

쾅! 콰쾅!

몬스터의 입과 얼굴에서 폭음이 터지면서 사방으로 피가 터져 나갔다. 그리고 핏줄기를 뚫고 검게 뭉쳐진 영기가 그 속에서 튀어나왔다.

그 타이밍에 호영의 통나무가 쏘아졌다.

쾅!

뭉쳐진 영기는 통나무를 박살 내고 바로 물 방패와 충돌해

뚫어버렸다.

펑! 펑!

그리고 재식의 방패 능력과 충돌해서 힘겨루기하다 뒤로 튕겨 나갔다. 재식은 온몸에 피를 흘리며 무릎을 꿇었다.

하은이 바로 재식에게 손을 올리고 치료하기 시작했다.

영기를 쏘아낸 몬스터의 얼굴은 참혹했다.

얼굴은 뼈가 드러날 정도로 볼이 파이고 한쪽 눈알은 보이지도 않았다. 피가 줄줄 흐르는 것이 오래 못 버틸 것 같았다.

몬스터는 분노했다. 자신의 공격은 막혀 버리고 예상보다 너무도 큰 피해를 본 것이다.

죽음을 각오한 몬스터는 다시 입에 영기를 모으기 시작했다. 어차피 적들도 방어가 상실되었으니 한 방에 끝낼 생각이다.

서걱!

몬스터는 영기를 모으다 한쪽으로 몸이 쏠렸다. 한쪽 뒷다리에 힘이 들어가지 않았다. 몬스터가 눈을 돌리니 수리가 아킬레스건을 베면서 달려가고 있었다.

피가 뿜어져 나오는 다리에 힘을 주고 몬스터는 영기를 압축했다. 어차피 상관없었다. 죽음을 각오한 몬스터는 자신의 피해를 무시했다.

몬스터가 어느 정도 영기를 모았다고 생각되는 순간 몬스터의 입을 향해 뛰어드는 사람이 있었다.

성준이었다.

몬스터는 어이가 없었다. 뛰어드는 성준을 놔두고 몬스터는 영기를 쏘아 보내려고 했다.

그때 성준이 몬스터의 입에서 튀어나왔다. 튀어나오는 성준의 눈에는 몬스터의 입안에서 반으로 갈라진 영기가 보였다.

쾅!

영기는 몬스터가 쏘아 보내기 전 몬스터의 입안에서 터져 버렸다. 몬스터는 끝까지 일행을 바라보았지만, 그곳에는 이미 이중으로 방패가 완전하게 준비되어 있었다.

얼굴이 날아가 버린 몬스터는 천천히 쓰러졌다.

"와!"

일행의 환호 사이에 빈센트는 감격에 젖어 있었다. 자신은 정말 대단한 사람들과 같이 있는 것이다.

성준은 감격에 젖어 있는 빈센트를 힐끗 보고 연기가 돼서 사라지는 몬스터에게 다가갔다. 이제 구슬을 누굴 줄까 고민할 차례였다.

성준은 검을 들고 몬스터가 사라진 공터로 접근했다. 그곳에 검게 빛나는 구슬이 있었다. 그리고 구슬을 향해 영기분석을 하려고 했다.

숙!

그때 성준의 손에 들린 검이 구슬을 향해 튀어나갔다. 그리고 검은 구슬을 꿰뚫고 바닥에 꽂혔다.

제3장
강화 II

일행은 모두 어리둥절해서 성준과 성준의 검을 바라보았다.

"검을 왜 던졌어요?"

미리가 대표로 성준에게 물었다.

성준의 얼굴은 붉게 변했고, 전에도 비슷한 상황을 본 적 있는 보람과 하은은 벌써 입을 가리고 웃고 있었다. 수리도 이해가 안 가는지 고개를 갸웃거렸다.

성준은 투덜거리면서 검이 꽂힌 곳으로 걸어갔다. 검이 벌써 구슬을 먹어치웠는지 구슬은 보이지 않고 검은색의 윤기가 검 전체에 흐르고 있었다.

성준의 뒤에서 일행의 웃음소리가 터져 나왔다. 일행에게
보람과 하은이 설명하는 모양이다. 수리도 어느새 듣고 왔는
지 얼굴에 웃음기가 보였다.

성준은 검을 들어 올렸다. 구슬을 다 흡수하면 능력을 확인
해 봐야 할 것 같았다. 그는 일행을 바라보고 말했다.

"모두 이곳에서 점심을 먹죠. 엘리트 몬스터가 있던 곳이
니 크게 위험하지는 않을 것 같습니다."

"네~"

모두 웃음기가 있는 얼굴로 식사 준비를 시작했다.

성준은 검을 바닥에 꽂고 감각을 활성화해서 주위를 둘러
보았다. 자신의 감각에는 아무것도 잡히지 않았다. 그래서 빈
센트를 바라보자 빈센트도 고개를 좌우로 흔든다. 이상이 없
는 모양이다.

그렇게 잠시 시간이 지나자 검게 윤기가 흐르던 검은 다시
원래의 모습으로 돌아왔다. 성준은 검에 영기분석을 걸어 확
인해 보았다.

―발렌 제국 제식장검―각성.
―영기 레벨 3.
―영기 성장치 0.

—영기 100.

—절단강화 레벨 2, 독날 생성 레벨 2, 검 강화 레벨 1. 영기 압축 레벨 1.

—코어 보석으로 각성한 검.

—영기가 부족해 영기 압축을 사용할 수 없습니다.

—영기 능력치 160.

성준은 영기분석의 내용을 보고 어이가 없었다. 자신의 검이 앞뒤 안 가리고 구슬을 먹어버린 것이다.

검을 잡고 자신의 영기와 검의 영기를 동화시켜 보았다. 그는 검의 영기의 흐름에서 검의 새로운 능력을 알 수가 있었다.

성준은 검의 영기를 활성화해서 새로운 능력을 시험해 보았다.

능력을 사용하자 검 전체의 영기가 검끝으로 몰려들기 시작했다. 그리고 검끝에 모여든 영기는 한 점에서 뭉쳐지기 시작했다.

펙!

하지만 삼분의 이 정도 뭉쳐지던 영기가 깨져 나갔다. 영기는 하늘로 사라져 갔고, 검의 남은 영기는 0이 되었다.

"하아, 이 돼지 검이 소화도 못할 것을 먹어버렸네."

성준은 한숨을 내쉬었고, 수리가 성준에게 상황을 듣고 성준을 위로했다.

"그래도 다른 능력들이 올랐으니 괜찮을 거예요. 그리고 좀 더 영기 성장치가 오르면 사용할 수 있겠죠."

한참을 투덜거리던 성준도 결국 수리의 위로를 받아들였다. 그리고 몬스터를 만나면 테스트해 볼 생각으로 검을 소환 해제했다. 성준의 검은 연기가 되어 사라지고 다시 성준의 팔목에 문양으로 남았다.

성준은 식사를 마치고 일행을 모았다.

일행의 얼굴에는 자신감이 보였다. 2레벨 엘리트 몬스터도 큰 무리 없이 잡게 되자 모두는 자신감이 넘치는 상황이었다.

성준은 모두에게 출발을 외쳤다. 일행은 던전의 중심을 향해 나아가기 시작했다.

그렇게 일행은 기세등등하게 출발했지만 얼마 가지 못했다.

모두가 짜증난 표정이었다. 성준도 짜증난 얼굴로 일행을 둘러보았다. 모두 얼굴에 짜증과 피곤함이 가득했다.

그도 그럴 것이, 일행이 얼마 동안 걸어가자 바닥이 완전히 뻘밭이었다. 조금만 걸어도 발목 이상으로 발이 빠졌고, 그들의 강인한 체력으로도 앞으로 나아가기가 힘들었다. 덕분에 일행의 바지는 모두 엉망으로 젖어버렸다.

성준은 주위를 둘러보고 다른 이동 수단으로 움직이기로 했다. 그리고 호영을 불러 나무를 만들어달라고 부탁했다.

이번에는 뻘밭 위를 뗏목으로 달릴 생각이다.

"이곳은 물 위가 아니라서 제가 뗏목을 움직일 수 없는데요?"

보람은 자신이 뗏목을 움직일 방법이 없자 성준을 향해 말했다. 성준은 자신에게 방법이 있다면서 우선 뗏목을 만들게 했다.

일행 전체가 달려들자 금방 뗏목 하나가 완성되었다. 뗏목의 앞뒤 바닥을 평평하게 하여 뻘밭을 움직이기 편하도록 만들었다. 그리고 모두가 뗏목에 올라탔다.

성준은 마지막으로 뗏목의 뒤쪽에 올라탔다. 모두 성준이 어떻게 배를 움직일지 궁금해했다.

성준은 뗏목을 묶은 밧줄을 몸에 감고 한 손으로 뗏목의 나무를 꽉 쥐었다. 그리고 뗏목과 자신의 영기를 동화시켰다.

뗏목과 그 위에 탄 모든 사람의 영기를 느낀 성준은 다른 한 손으로 뒤쪽의 허공을 후려쳤다.

펑!

성준이 허공을 후려치자 뗏목이 움찔하고 흔들리더니 앞으로 움직이기 시작했다. 성준이 다시 허공을 후려쳤다.

츄아악!

뗏목이 전방을 향하여 달리기 시작했다. 성준이 전에 하온과 보람을 안고 움직인 것처럼 뗏목 전체를 자신의 영역에 놓고 능력을 사용한 것이다. 3레벨인 자신의 능력이라면 이 정도 크기의 뗏목이라도 미끄러운 바닥을 밀어서 움직이는 정도는 가능한 것 같았다.

"와!"

모두 뗏목이 나아가자 환호성을 질렀다. 다들 많이 힘들었던 모양이다. 모두 미리 준비한 밧줄에 몸을 감고 사방을 향하여 앉았다.

힘든 가운데에서도 모두는 경계하는 것이 습관이 되어 있었다.

성준은 영기가 차면 바로 뒤쪽으로 손을 내질렀다. 영기가 차는 속도가 빠르지 않아 자주 사용할 수 없어서 뗏목의 속도는 그리 빠르지 않았다. 하지만 사람이 달리는 속도 정도는 나와서 일행은 충분히 만족했다.

성준은 일행이 기뻐하는 모습을 보면서 조금 걱정이 되었다.

아무래도 이렇게 나아가면 밤에는 뗏목 위에서 지내야 할 판이다. 더군다나 점점 더 물기가 많이 보이는 것을 보니 좀 더 가면 아예 물 위를 가게 될지도 몰랐다.

보람 덕분에 속도는 더 빨라질 수도 있지만, 밤에 물에서 무엇이 공격해 올지 알 수 없었다.

성준의 걱정대로 그들은 천장의 빛이 조금씩 어두워지기 시작할 무렵 갈대가 우거진 지역에 도착했고, 그곳에서 몬스터들의 습격을 받았다.

"모두 뗏목에서 제일 가까운 녀석부터 상대해요!"

정 교관이 일행을 향해 소리쳤다. 지금 뗏목은 악어처럼 생긴 몬스터에게 포위당했다. 이 몬스터는 온몸이 검은 피부로 되어 있어서 날이 어두워지면 아예 안 보일 가능성이 컸다.

성준은 몬스터들의 정보를 확인했다.

―습지형 파충류 적응형.

―2등급.

―습지 적응을 확인.

―특이 능력: 없음.

―강점: 표면이 단단하다. 습지에서 이동이 빠르다.

―단점: 점프가 불가능하다.

―적의.

2레벨 몬스터들이었다. 몬스터들은 검은색의 번들거리는

모습으로 바닥을 낮게 기어서 뗏목에 접근했다. 몬스터들은 뜻밖으로 속도가 빨라서 성준이 열심히 밀어내는데도 뗏목에 접근할 수가 있었다.

성준은 뗏목을 밀어내느라고 전투에 참여할 수는 없었지만, 일행을 믿고 최선을 다해 뗏목을 앞으로 밀어냈다.

밀려오는 몬스터들을 향하여 미리가 화살을 날렸다.

푹!

다행히 강화된 활은 화살을 몬스터의 몸에 박아 넣었다. 뗏목을 향해 달려들던 몬스터는 몸이 마비돼서 그대로 바닥을 구르고 말았다.

"화살이 피부를 뚫을 수 있어요!"

미리의 말에 모두 몬스터들 향해 화살을 날리기 시작했다. 뗏목이 나아가는 전면에는 혜라와 다희가 쇠뇌로 화살을 날렸다. 관통 화살과 폭발 화살이 전면에서 접근하는 몬스터들을 날려 버려서 뗏목이 진행하는 길을 열어주었다.

재식은 혜라와 다희의 공격을 피해 뗏목에 접근하는 몬스터들을 방패 능력을 사용해서 튕겨냈다.

튕겨낸 몬스터들은 다시 달려들었지만, 주위에 접근하는 몬스터들을 마비 화살로 기절시키고 있는 여고생들에게 당해 같이 기절해서 뒤로 밀려났다.

한 번 뒤로 밀려난 몬스터들은 뗏목의 속도 때문에 다시 접근할 수가 없었다.

모든 공격을 뚫고 뗏목에 접근한 몬스터들은 수리와 정 교관의 공격과 헤라와 미영의 쇠뇌 공격으로 모두 나가떨어졌다.

하지만 뗏목 위로 올라오고 뗏목을 입으로 물어뜯는 집요한 몬스터들의 공격에 뗏목은 점점 느려질 수밖에 없었다.

이렇게 몬스터들의 공격을 뚫고 이동하는 동안 점점 주위가 어두워져 가기 시작했다.

성준의 표정도 어두워졌다. 몬스터의 피부가 검은색이라 던전이 어두울수록 파악하기가 어려웠다. 방법을 찾아야 했다.

모두 이렇게 정신없이 싸우고 있을 때 성준은 멀리 희미하지만 거대한 실루엣을 발견했다. 마치 섬같이 보이는 실루엣이다. 성준은 보람에게 소리쳤다.

"보람아! 전방의 안개를 잠깐만 치워줘! 뭔가 보였어!"

보람은 성준의 말에 바로 두 손을 앞으로 향했다. 그러자 이번에는 뗏목 전방의 안개가 보람의 손으로 빨려들어 오기 시작했다.

잠시 뒤 일행 눈에도 멀리 거대한 실루엣이 보였다. 성준은 그곳이 섬이라는 것을 감각으로 확인했다. 그리고 뗏목의 앞쪽으로 뻘밭이 끝나가고 점점 수면이 높아지는 것이 보였다.

보람도 그것을 보았는지 손앞에 뭉쳐진 물을 손을 흔들어 여러 조각으로 나누더니 사방으로 날려 버렸다. 사방으로 날아가던 물 덩어리는 뾰쪽하게 원뿔로 변하더니 바로 얼어버렸다.

퍼버벅!

사방으로 날아간 얼음 화살들은 접근하는 몬스터들에게 적중했다. 몬스터들은 얼음 화살을 맞고 뒤로 나뒹굴었다.

보람은 전방을 향하여 자신의 검은 영기를 뿜어냈다. 영기는 곧 가느다란 물줄기로 변해 전방의 얕은 수면과 연결되었다. 보람은 두 손을 꽉 쥐었다.

뗏목이 앞으로 튀어나갔다. 전보다 두 배 이상의 속도였다. 하지만 몬스터들도 얕은 물에서 뗏목을 기다렸던 모양이다. 뗏목 정면의 수면 위로 수많은 몬스터의 긴 머리가 떠올랐다.

그 모습을 보고 사람들이 움찔했을 때 뗏목에서 성준이 앞으로 튀어나갔다. 그는 다른 사람들의 전투에 몸이 근질거려서 혼났다. 이제 배의 진행을 보람이 맡자 바로 전투에 참여한 것이다.

성준은 가속했다. 그는 배의 속도에 배를 박차 한 번 더 가속했고 마지막으로 허공을 박차 빛살 같은 속도로 몬스터들을 향해 날아갔다.

츄악!

성준은 능력을 사용해 수면을 박차 몬스터들 사이로 뛰어들었다. 그리고 검에 절단강화를 걸고 몬스터들을 베어버렸다.

뗏목에서 앞의 몬스터들을 겨냥하던 헤라와 다희는 들었던 쇠뇌를 내려놓았다. 정면의 몬스터들의 사지가 사방으로 날려가고 있었다.

성준은 그동안의 답답함을 풀기라도 하듯 몬스터의 머리와 몸을 밟고 뛰어다니면서 검으로 몬스터들을 베고 지나갔다.

검은 자신의 레벨이 향상되었다는 것을 자랑이라도 하듯 더 적은 영기를 사용해서 물을 가르듯이 몬스터들의 사지를 잘라냈다.

"아, 완전 난도질이다."

헤라는 앞을 보면서 허탈하게 말했다.

"2레벨 몬스터까지는 무쌍을 찍을 모양이야."

다희도 헤라 옆에서 전방의 광경을 보며 말했다. 헤라는 다희의 말뜻은 몰랐지만, 아무튼 대단하다는 것으로 알아들었다.

성준이 뗏목 정면의 몬스터들을 회쳐 놓고 나자 뗏목은 그 사이를 통과해 지나갔다. 성준은 지나가는 뗏목에 올라탔다.

성준은 몹시 후련한 표정이었다. 다들 그 표정을 보고 좀 더 조합장에게 조심해야겠다고 생각했다.

뗏목은 몬스터들의 진형을 통과하고 나자 아무 저항 없이 물 위를 나아갔다.

이곳은 수면에서 바닥까지 1m도 안 되는 곳이었다. 몬스터들의 저항이 없어지자 뗏목의 속도는 더 빨라졌다. 물 위를 달리고 있자 안개가 모두 사라지기 시작했다. 안개는 물가에만 피어오르는 모양이었다.

멀리 실루엣으로 보이던 섬이 이제 맨눈으로 보였다. 섬은 작은 동산처럼 보였는데, 한쪽은 바위 지역이고 나무가 많은 지역도 있고 모래사장도 있는 것이 정말 있을 것은 다 있는 모양이었다. 잠시 뒤 일행은 섬에 도착했다. 보람은 성준의 지시로 모래사장에 뗏목을 올려놓았다.

뗏목이 모래사장 위로 올라가자 일행은 뗏목에서 뛰어내렸다. 불편한 뗏목 위에서 전투까지 벌였으니 더는 뗏목 위에 있기가 싫은 모양이었다.

성준도 다른 이들과 함께 뗏목에서 내려왔다. 물컹거리지 않는 바닥을 밟으니 한결 기분이 좋아졌다.

성준은 하늘을 보았다. 이제 곧 어두워질 것 같았다. 성준은 모래사장 안쪽으로 숲과의 경계 지역을 살폈다. 지대가 높아 야영지로는 안성맞춤으로 보였다.

"모두 저기 보이는 숲의 경계에 캠프를 만들죠. 오늘은 이곳에서 쉽니다."

"네~"

모두 피곤했는지 성준의 말에 바로 호응했다. 일행은 뗏목을 더 위쪽으로 끌어올리고 성준이 말한 곳으로 가서 캠프를 만들기 시작했다.

이제는 다들 숙련된 전사이자 생존 전문가들이었다. 일행은 금방 자신들이 할 일을 찾아 처리했다. 그래서 얼마 지나지 않아 떡하니 작은 야영지가 완성됐다.

모두 피곤해서 가볍게 저녁을 먹고 금방 잠자리에 들었다. 아무리 육체가 강화되었어도 많은 전투는 피곤을 느끼게 하는 모양이었다.

첫 불침번을 서는 성준은 다들 잠든 것을 확인하고 한쪽에 있는 작은 바위에 걸터앉았다. 그리고 일행에게 이상이 없는지 확인한 수리도 성준의 옆에 앉았다. 성준은 영기로 두 개의 구슬을 만들었다.

3레벨 구슬로 2레벨 던전의 보스들을 제거하고 얻은 것이다. 성준은 자신의 정보를 확인했다.

―검투사 정보.

— 영기 레벨 3.

— 영기 성장치 100.

— 영기 200.

— 영기 능력치 260.

이제 4레벨에 올라갈 수 있게 되었다. 성준은 손에 올려놓은 구슬을 보자 식욕이 당겼다. 그는 주먹을 쥐어 구슬이 안 보이게 했다.

"곤란한데. 벌써 검이 구슬을 먹어버려서 더 사용했다가는 눈치가 보일 것 같아."

"괜찮지 않을까요? 다들 주인님을 좋아하고 어차피 제일 먼저 구슬을 먹어야 할 사람도 주인님이잖아요. 다음 보스가 어떤 보스인지 모르지만 미리 강해져 놓으면 좋을 것 같은데요?"

성준은 수리의 말에 고개를 끄덕였다. 수리 말대로 성준이 구슬을 먹고자 하면 모두 환영할 것이다. 성준은 구슬을 모두 영기로 돌려보냈다.

"내일 아침에 모두에게 이야기하고 먹어야겠어."

성준의 말에 수리도 고개를 끄덕였다.

그날 저녁은 조용하게 지나갔다. 그리고 다음 날 아침이 되자 모두 잠자리에서 일어나 넋을 놓고 해변을 바라보았다.

"멋지다."

미리의 한마디가 모두의 마음을 대변했다. 모두가 일어나서 처음 본 것은 천장에서 뿌려주는 빛과 아름다운 모래사장, 그리고 양옆의 기암절벽과 나무들, 마지막으로 멀리까지 반짝이는 물의 향연이었다.

"수영하고 싶다."

재식의 한마디에 모두 재식이 수영팬티를 입고 문신이 가득한 늠름한 몸을 자랑하는 모습을 상상했다.

그 덕분에 모두 현실로 돌아올 수 있었다.

"자, 이제 빨리 이 던전을 정리하고 돌아갑시다."

"네!"

성준의 말에 모두 바쁘게 움직이기 시작했다. 재식은 자신의 말이 끝나자마자 바로 움직이는 사람들을 보고 어리둥절해했다.

성준은 바쁘게 움직이는 사람들을 보고 한마디 더 했다.

"조합장 이름으로 이 던전을 제거하면 멋진 곳으로 단체휴가를 가겠습니다."

"와!"

일행은 모두 환호성을 질렀다. 성준의 말에 수리가 고개를 갸웃거리며 물었다.

"러시아 몬스터홀을 가봐야 하지 않나요? 모두 얼마 전에 한 주인님의 말에 전전긍긍해하고 있을 텐데요."

성준은 수리에게 씩 웃어 보였다.

"좀 더 애태울 생각이야."

사람들은 모두 아침을 먹고 자신의 장비를 정비했다.

무기들이 영기화되었다고는 하지만 내구성이 튼튼해졌을 뿐 자체 수리가 되는 것은 아니었다. 항상 정비하지 않으면 꼭 필요할 때 문제가 되었다. 특히 활과 쇠뇌는 각종 기계 부품이 많아 손이 많이 갔다.

성준은 모두가 무기를 확인하고 있을 때 일행의 앞으로 나갔다.

"잠깐만 주목해 주세요."

일행 모두는 하던 일을 멈추고 성준을 보았다.

"다른 것이 아니라 제가 저번 전투로 3레벨 100이 되었습니다."

성준의 말이 끝나자 바로 하은이 말했다.

"와, 잘됐다. 빨리 구슬 드세요."

"그런데 문제가 있습니다. 어제 제 검이 구슬을 먹어버려서 제가 또 구슬을 먹기에는 좀 애매해서 이야기하는 겁니다."

성준의 말에 헤라가 이해가 안 된다는 듯이 말했다.

"어차피 돈 내잖아요. 상관없는데요?"

모두가 고개를 끄덕인다. 성준은 다행이라고 생각하면서도 자신의 검과 수리를 바라보았다.

돈을 많이 벌어야겠다고 생각했다. 수리는 모두가 새로운 조합원으로 인정해 주어서 괜찮지만, 자신의 검에는 돈이 무척 많이 들어가게 생겼다.

성준은 바로 두 개의 구슬을 꺼냈다. 그리고 각각의 정보를 확인했다.

—영기보석 영기 방출 레벨 3.

—레벨 3 영기 성장치 100 검투사를 4레벨 검투사로 만듦.

—레벨 4 이하 검투사의 영기 성장치를 증가시킴.

—영기를 몸의 한 부분에서 쏘아 보냄.

—영기를 직접 사용해서 소모가 큼.

—적용 방법: 먹기.

—영기보석 영기 포격 레벨 3.

—레벨 3 영기 성장치 100 검투사를 4레벨 검투사로 만듦.

—레벨 4 이하 검투사의 영기 성장치를 증가시킴.

—영기 포격이 추가됨.

—영기 포격 시 막대한 영기 사용.

—적용 방법: 먹기.

둘 다 영기 소모가 많다고 겁부터 주고 있다. 혹시 자신의 검처럼 영기가 부족해서 사용을 못할까 봐 걱정되었다.

성준은 두 개의 능력 중에 무엇을 고를까 고민하다 자신의 검의 능력과 비슷한 영기 포격 대신 영기 방출 구슬을 먹었다. 그리고 성준은 고통을 참으면서 기원했다.

'제발 나에게도 장거리 공격을!'

성준은 항상 적 앞까지 뛰어들어 가서 치고받는 상황이 계속되다 보니 뒤에서 무게 잡으면서 멋있게 공격하는 사람들이 부러웠다. 검에 기대를 걸었으나 영기가 부족해서 사용을 못하니 이번의 능력에 기대를 걸었다.

보스가 이 능력을 사용할 때는 멀리까지 영기를 쏘아 보냈는데 자신이 사용하면 어떻게 될지 걱정이다. 항상 능력이 귀환자들에게 적용되면 미묘하게 바뀌는 느낌이었다.

성준이 고통을 견디고 몸을 일으켰다. 그리고 주위에서 경계를 서주던 일행에게 눈으로 고맙다는 인사를 전했다.

성준은 우선 자신의 정보를 확인했다.

—검투사 정보.
—영기 레벨 4.

-영기 성장치 0.

-영기 100.

-영기분석 레벨 3, 고속 저중력 이동 레벨 3, 허공 도약 레벨 2, 영기 방출 레벨 1.

-가디언 2레벨.

-영기화된 컴파운드 쇠뇌, 영기화된 발렌 제국 제식장검-각성

-영기보석 전기 레벨 1(×3), 영기보석 진동 레벨 1(×2), 영기보석 영기 포격 레벨 3.

-영기 능력치 190.

수리가 검보다 레벨이 낮았다. 다시 한 번 성준은 자신의 검을 향해 이를 갈았다.

성준은 일행을 벗어나 커다란 바위 앞에 섰다. 새로 얻은 능력을 확인해 볼 때였다. 그는 능력을 얻을 때 깨달은 영기의 흐름을 오른쪽 주먹으로 몰아넣었다. 그리고 바위에 주먹을 내질렀다.

쾅!

바위가 포탄에 맞은 것처럼 터져 나갔다. 돌가루가 사방에 날려 성준은 돌가루를 뒤집어썼다. 잠시 후 돌가루가 가라앉자 바위의 삼분의 일은 터져 나가고 나머지는 쩍쩍 갈라져

있다.

성준은 새로 얻은 능력의 파괴력에 만족스러웠다. 이제 장거리 공격을 해볼 차례였다. 성준이 팔목을 보니 남은 영기가 거의 0에 가까웠다. 영기 소모가 극히 큰 기술이었다. 성준은 바위에서 좀 떨어져서 영기가 채워지기를 기다렸다.

이윽고 영기가 다 차자 성준은 반쯤 파괴된 바위를 향해 다시 영기를 모은 주먹을 내질렀다.

펑!

주먹이 허공을 때리자 영기가 전면을 향해 뿌려졌다. 그러자 앞의 모래가 터져 나가 허공에 흩날리더니 잠시 뒤 성준의 몸 위로 쏟아졌다. 모래가 다 쏟아지고 나서 보니 바위는 끄떡없고 모래가 휩쓸고 지나간 자국밖에는 없다. 그리고 성준의 앞에는 부채꼴로 모래가 쓸려나가 있다.

성준은 감각을 활성화해서 자신이 능력을 사용했을 때의 영기의 움직임을 파악했다. 그리고 좌절했다.

낮은 레벨에서는 방출 후에 영기를 붙들어놓을 방법이 없었다. 보스는 높은 레벨의 능력이라서 그렇게 멀리까지 쏘아 보낸 모양이다.

수리가 다가오더니 돌가루와 모래로 뒤덮인 성준의 머리와 옷을 털어주었다.

"누가 나를 시샘하나 봐. 나 편한 꼴을 못 보는 것 같아."

수리도 속으로는 동의하는지 말없이 성준의 옷만 털어주었다.

그렇게 성준은 자신의 능력을 확인하고 일행을 모아 뗏목을 탔다. 재식이 육체 강화 능력으로 뗏목을 물에 밀어 넣었다. 모두가 뗏목에 타자 보람이 물을 움직여 뗏목을 앞으로 보냈다.

뗏목은 빠른 속도로 앞으로 나아갔다. 성준이 앞을 바라보니 안개가 걷힌 던전은 멀리까지 선명하게 보였다. 뗏목 뒤를 바라보니 자신들이 출발한 섬 뒤로 낮게 안개가 끼어 있다. 지역별로 안개가 깔린 모양이다.

성준은 능력을 사용해서 앞을 바라보았다.

멀리 섬이 하나 보이는데 천장에서 비추는 빛의 위치와 섬의 위치를 비교하니 섬은 던전 중앙에 있는 것 같았다. 섬은 방금 나온 섬과는 비교도 안 될 정도로 커 보였다.

보람이 성준에게 말했다.

"물이 점점 깊어지는데요? 지금 수심이 한 3m 정도 되는 것 같아요."

물과 영기를 공유하는 보람이 영기로 느낀 모양이다.

성준이 물 아래를 내려다보니 물이 맑아 바닥까지 보인다. 하지만 물고기는 한 마리도 보이지 않고 단지 바닥에 물풀로 보이는 식물이 물에 흔들리고 있다. 성준은 보람에게 물어보왔다.

"혹시 물속에서 접근하는 물체, 혹은 몬스터를 파악할 수 있어?"

보람이 머리를 끄덕인다.

"멀리는 안 되지만 어느 정도는 가능해요."

성준은 다행이라 생각했다. 이제 공중과 물속의 감시가 가능한 상황이 되었다. 이제 무사히 섬에만 가면 될 것 같다.

일행은 한참을 아무 방해 없이 섬을 향해 나아갔다. 이 던전의 구조는 외곽은 습지와 뻘밭으로 되어 있고, 나머지는 호수로 이루어져 있으며, 제일 가운데 큰 섬이 있는 모양이었다.

이윽고 뗏목이 섬에 가까워졌다. 수심도 점점 낮아지고 있었다. 그때 보람이 소리쳤다.

"물속에서 많은 물체가 접근해요! 몬스터 같아요!"

일행은 모두 무기를 잡고 보람이 가리키는 방향을 주시했다. 성준도 보람이 가리키는 방향을 보고 능력을 활성화했다. 섬 쪽에서 무엇인가 다가왔다.

물색이 은빛으로 변해가고 물의 흐름도 다르게 변했다. 물의 흐름을 확인한 성준은 능력으로 바로 무슨 몬스터인지 알아차렸다.

"은색 물뱀 떼야!"

성준의 말에 일행은 눈을 빛냈다.

"이번에는 좀 잡자."

"두 번이나 도망쳤어. 이번에는 복수할 거야."

일부는 복수에 불타 있고 나머지는 지겨워서 이번엔 끝장을 낼 생각인 모양이다.

물뱀들은 물속으로 뗏목을 향해 헤엄쳐 왔다. 그 모습을 본 보람이 물줄기로 물과 연결된 손을 뒤집었다. 그러자 물줄기가 얼어붙더니 뗏목 주위의 물도 얼어붙기 시작했다.

"보람 언니 나이스!"

다희가 갑자기 얼어붙기 시작한 물에 놀라 물 밖으로 튀어나온 몬스터를 향해 폭발 화살을 쏘며 소리쳤다.

사방에서 은색의 물뱀이 튀어나왔다. 그리고 일행의 공격에 추풍낙엽처럼 떨어져 내렸다. 1레벨짜리 몬스터들은 이제 표적일 뿐이었다.

그사이에 커다란 은색 선 하나가 뗏목을 향해 다가왔다. 그리고 사방에서 터져 나가고 떨어지는 물뱀 몬스터들 사이로 물 덩어리가 솟구치기 시작했다.

그 모습을 보고 보람이 코웃음을 쳤다. 그리고 얼음 줄기를 끊어버리고 양손에 물 덩어리를 만들기 시작했다.

물 덩어리가 물뱀과 보람 양쪽으로 여러 개 생성되어 대치

하고 있을 때 다른 1레벨 몬스터들은 물과 얼음에 떨어져 연기가 되었다. 그리고 물에서 커다란 물뱀이 위로 솟구쳤다.

—산악 지형 호수 생물 실험체 각성 버전.
—2등급.
—산악 지형 테스트를 위해 제조.
—특이 능력 각성: 물 이용.
—강점: 자유로운 물 공격.
—단점: 지상에 나오면 공격력을 거의 상실한다.
—분노.

성준은 영기분석으로 몬스터를 확인한 후 바로 공중으로 뛰어올랐다. 성준은 하늘에서 징검다리를 건너는 느낌으로 몬스터에게 달려가기 시작했다. 확실하게 능력이 향상된 것이 느껴졌다.

엘리트 몬스터는 다가오는 성준을 향해 물 덩어리를 날렸으나 보람의 물 덩어리에 모두 격추되었다.

엘리트 몬스터는 급하게 물로 두 겹의 방패를 만들었다. 그리고 그 방패는 정 교관과 다희의 공격에 터져 나갔다.

성준의 눈앞에 몬스터의 얼굴이 보였다. 성준은 한 손에 든 검이 우는 것을 느꼈지만 반대편 주먹에 영기를 집중했다. 그리고 허공을 밀어붙여서 가속된 몸으로 영기가 가득한 주먹을 휘둘렀다.

쾅!

성준은 주먹의 반발력으로 위로 퉁겨져 올랐고, 몬스터는 굉음과 함께 물에 처박혔다. 충격이 큰지 몬스터는 다시 위로 튀어 올랐다. 성준은 튀어 오른 몬스터를 향해 절단강화를 건 검을 휘둘렀다.

몬스터는 목이 반쯤 베여 사방으로 피가 뿜어져 나왔다. 성준은 엘리트 몬스터를 베고 나서 물 위에 몸을 세웠다. 레벨이 오르자 능력을 잘 조절하면 짧은 시간은 물 위에 서 있을 수 있을 것 같았다. 그래서 생각난 김에 한 번 해보았는데 바로 성공했다.

얼굴이 터져 나가고 목이 반쯤 잘린 몬스터는 다시 떨어지면서 외마디 비명을 지르다가 연기가 되어 사라지기 시작했다. 성준은 손을 들어 떨어지는 구슬을 받았다. 구슬이 영롱하게 빛이 났다.

성준은 구슬을 확인했다.

─영기보석 물 이용 레벨 2.
─레벨 2 영기 성장치 100 검투사를 3레벨 검투사로 만듦.
─레벨 3 이하 검투사의 영기 성장치를 증가시킴.

―물을 자유롭게 활용할 수 있음.

―제어하기 위한 훈련이 필요함.

―적용 방법: 먹기.

성준은 일행을 돌아보았다. 구슬을 보고 침을 흘리는 여고
생들이 보인다. 성준은 얼른 구슬을 주머니에 넣고 수면을 박
차 뗏목으로 향했다.

뗏목 위에 올라서서 일행을 영기분석으로 확인해 보았다.
2레벨에 있는 사람들 대부분이 영기 성장치가 90이 넘은 상
태이다. 여고생 3인방은 벌써 100이 된 지 꽤 지났다.

"우선 섬에 도착하고 이야기합시다."

성준의 말에 모두 동의했다. 여고생들도 아쉬움에 입맛을
다셨지만 뒤로 물러섰다.

그런데 그들에게 문제가 생겼다.

"이 얼음을 녹일 수 없다고?"

"네. 냉각은 시킬 수 있는데 녹일 방법이 없어요. 시간이
지나면 녹을 것 같기는 한데……."

보람이 성준에게 미안한 듯이 말했다. 그 모습을 보던 다희
가 손을 들었다.

"그냥 얼음인 채로 가도 되잖아요. 어차피 이 뗏목은 이번
이 마지막일 것 같은데요."

이야기하던 성준과 보람의 눈이 딱 멈추었다. 그리고 성준은 조용히 앞자리에 앉았고, 보람은 다시금 물을 움직여서 뗏목과 얼음을 이동시켰다. 작은 빙산 하나가 섬을 향하여 움직이기 시작했다.

섬은 지름이 1㎞ 정도로 여의도의 삼분의 일 크기다. 섬의 한쪽은 높은 암벽으로 이루어져 있고, 반대편은 모래사장과 그곳에서 이어진 숲이 보인다. 아마 암벽과 숲 사이에 귀환 기둥이 있을 것 같았다.

일행의 정면으로 섬의 암벽이 보이고 있다. 성준은 보람에게 암벽을 빙 둘러서 반대편 해안으로 가게 했다.

성준이 섬의 암벽 옆으로 지나가는 뗏목 위에서 암벽 쪽을 바라보았다. 암벽의 위에는 수많은 몬스터가 나란히 서서 일행을 바라보고 있었다.

몬스터는 마치 공룡 영화에서 보던 익룡처럼 보였다. 요즘 학설로는 익룡이 깃털이 많다고 하던데 지금 보이는 몬스터는 깃털은 보이지 않고 날개는 피막으로 이루어져 있다.

몬스터는 날개를 펄럭이는 놈과 고개를 까닥거리는 놈, 그리고 가만히 서서 뗏목을 노려보는 놈도 있다.

성준은 놈들의 정보를 확인했다.

—섬 지형 비행 생물 실험체.

—1등급.

—섬 지형 테스트를 위해 제조.

—특이 능력: 없음.

—강점: 큰 체구에 비해 높은 비행 능력.

—단점: 방어 능력이 평범하다.

—경계 중.

성준은 영기분석이 보내온 정보를 보고 고개를 갸웃거렸다. 왠지 영기분석으로 확인한 내용이 레벨 업 전과 크게 달라진 것 같지 않았다. 그는 좀 더 확인해 봐야겠다고 생각하고 시선을 돌렸다.

그리고 잠시 뒤 뗏목은 빙산에 실려 반대편 해안가에 도착했다.

이곳은 넓은 모래사장이었는데 그 뒤로는 나무로 이루어진 방풍림이 나란히 늘어서 있다. 방풍림 뒤로는 넓은 초원과 중앙에 호수가 보이고 호수 뒤로는 건물 한 채가 있다.

건물 뒤로는 높게 솟은 암벽이 죽 늘어서 있는데 섬의 반 이상이 암벽으로 둘러싸여 있는 것 같았다. 좀 전에 본 몬스터들이 있을 것 같으니 건물에 접근할 때는 주의해야 할 것 같았다.

일행은 모두 뗏목에서 내려 얼음 위를 걸어서 얕은 물에 발을 담갔다.

"웃, 차가워!"

여성들은 차가운 물에 온몸을 부르르 떨었다. 그렇게 일행
은 모두 모래사장으로 올라설 수 있었다. 일행을 모두 내려놓
은 얼음과 뗏목은 보람이 능력을 회수하자 조용히 떠내려가
기 시작했다.

"안녕~ 고마웠어."

미리가 떠내려가는 뗏목을 보고 인사를 보내는 사이 다른
사람들은 섬을 확인하기 시작했다.

성준도 모래만 가득한 모래사장을 지나 나란히 나무가 늘
어서 있는 곳으로 갔다. 이 나무들이 밖에서 불어오는 바람을
막아주는 모양이었다. 성준은 옆에 있는 방풍림에 한 손을 올
리고 그 뒤의 광경을 확인했다.

이곳은 한쪽은 높은 암벽으로 막혀 있고 다른 쪽은 일렬로
늘어선 방풍림으로 막혀 있는 분지였다. 안쪽의 낮은 풀로 이
루어진 작은 초원은 순하게 생긴 몬스터들이 뛰어다니고 있
었다.

몬스터는 통통한 다람쥐처럼 생긴 놈들이었는데 사람 허
리 정도로 오는 크기로 뒷다리로 일어서면 사람만 할 것 같았
다.

성준은 몬스터의 정보를 확인해 보았다.

―섬 지형 초식 생물 실험체.

―1등급.

―섬 지형 테스트를 위해 제조.

―특이 능력: 없음.

―강점: 비행 생물의 먹이로서의 적합성이 뛰어나다.

―단점: 먹이로서의 모든 장점.

―한가로움.

성준은 몬스터의 정보를 보고 어이가 없었다. 이 몬스터는 섬의 생태계를 흉내 내기 위한 몬스터인 모양이었다.

성준이 주위를 확인하는 사이 일행이 성준에게 다가왔다.

"꺄~ 귀여워!"

여성들이 한목소리로 소리쳤다. 몬스터 한 마리가 귀를 쫑긋 세우고 양 볼에 무엇인가 가득 넣고 우물거리면서 일행을 바라보고 있다. 큰 눈으로 고개를 갸웃거리는 모습이 여성들의 감수성에 직격탄을 쏘았다.

"만져보고 싶어~"

다들 그나마 몬스터라는 인식이 있어서 접근하지는 않았지만, 무의식적으로 손을 내미는 게 상당히 빠진 모습이다.

호수를 배경으로 한가로운 초원에 이런 귀여운 몬스터들

이 풀 사이에서 천천히 움직이는 모습은 뭔가 목가적인 느낌이 들게 했다.

갑자기 일행 앞에 있는 몬스터가 귀를 쫑긋 세웠다. 그러자 다른 몬스터들도 모두 고개를 들고 귀를 세웠다.

성준은 갑작스러운 몬스터들의 움직임에 감각을 활성화했다.

"앗!"

성준은 갑자기 눈에 보이는 모습에 놀라 손으로 눈을 가리고 말았다. 옆에 있던 수리가 놀라 성준을 바라보았으나 성준은 괜찮다며 수리를 안심시켰다.

그리고 손을 내리고 다시 한 번 감각을 활성화했다.

세상이 변했다.

성준이 바라보는 세상엔 이상한 검은 얼룩이 가득했다. 그 얼룩은 심지어 물체의 표면을 움직이기도 했다. 얼룩이 없는 부분은 조금씩 형체 자체가 흐려지다가 검은 얼룩이 지나가면 다시 형체가 진하게 보였다.

성준은 눈을 돌려 일행을 바라보았다.

일행의 몸은 그나마 얼룩의 양이 적었다. 하지만 몸속을 흐르는 검은 기운이 성준의 눈에 똑똑해 보였다. 레벨이 높은 귀환자일수록 검은 얼룩과 기운이 또렷이 보이고 형체가 흐려진 부분이 많았다.

마지막으로 수리는 다른 귀환자들과 다르게 얼룩이 가득한 세상과 똑같이 보였다. 성준은 감각을 차단해 눈을 감고 손을 이마에 댔다. 아무래도 이번에 레벨이 오르면서 영기 자체를 읽을 수 있게 된 것 같았다. 좀 전까지는 변화가 없었는데 감각이 변했다.

성준은 다시 감각을 열고 팔을 바라보았다. 팔에 검은 얼룩이 돌아다니고 있었다. 피가 흐르는 것처럼 영기가 움직이고 있는 것이었다. 얼룩이 지나간 지 오래된 부분이 흐려지다 그 부분에 검은 얼룩이 지나가니 또렷해졌다.

4레벨인 자신은 수리와 다른 던전의 물건들과 크게 차이가 나지 않았다. 레벨이 오를수록 점점 인간에서 영기로 전환되는 모양이었다.

성준이 다시 감각을 차단하고 주위를 돌아보니 모두 걱정스럽다는 듯 성준을 바라보고 있다.

성준은 주위를 돌아보고 일행을 안심시켰다.

"레벨이 오르니까 감각이 날카로워져서 그렇습니다. 이제 적응이 되었으니 걱정하지 마세요."

성준의 말에 모두 안심하는 눈치다. 하지만 수리와 보람, 하은은 성준에 표정에서 무엇인가 보았는지 계속 걱정스럽게 쳐다보았다.

성준은 이를 악물었다. 그냥 밤에 녹색으로 보이는 야시경 같은 것을 끼고 세상을 보게 된 것으로 생각하기로 했다.

본질을 파고들기 시작하면 그 내용을 감당할 수 없을 것 같았다.

"캬아악!"

성준과 일행이 다른 것에 신경 쓰고 있을 때 호수 쪽의 하늘에서 몬스터의 괴성이 들렸다. 일행이 하늘을 쳐다보니 암벽 쪽에서 호수를 건너 아까 본 비행 몬스터들이 풀을 뜯고 있는 몬스터들을 덮치고 있었다.

"안 돼!"

이미 귀여운 몬스터들에게 마음을 빼앗긴 여성들이 그 모습을 보고 비명을 질렀다.

다른 앞으로 달려나가려는 모습을 보고 성준은 일행을 말렸다.

"모두 멈춰요! 우리가 막아도 소용없어요! 다들 몬스터예요!"

일행은 성준의 말에 그 자리에서 멈추었다. 일부 불만도 있었지만 성준의 말이 정론이었다.

"힝, 그렇지만 너무 불쌍해요."

날아온 여러 마리의 비행 몬스터는 도망가는 초식 몬스터들을 발로 낚아채서 다시 암벽 쪽으로 날아가기 시작했다.

"어차피 건물 근처는 저 몬스터들의 영역인 것 같아요. 그곳에서 복수할 수 있을 거예요."

성준은 우선 여성들을 달래고 일행을 데리고 다시 뒤로 물러났다.

모두 모래사장으로 나오자 성준은 우선 섬에 들어오기 전에 구한 구슬을 꺼내 들었다.

"여태까지의 상황을 보면 각자 자신에게 맞는 구슬이 있는 것 같았습니다. 특히 제 검을 보면 말이죠. 보람 씨나 미영 씨를 보아도 자신의 전 능력과 궁합이 맞는 구슬을 보면 성장치가 100이 채 안 돼도 욕심이 나는 것 같았습니다."

성준은 꺼낸 구슬을 일행 앞에 들어 올렸다.

"이 중에서 자신이 꼭 필요하다고 생각되는 사람은 이야기해 주세요. 부족한 성장치는 채워드릴 수 있습니다."

그러자 여고생 세 명이 손을 번쩍 들었다가 서로 눈치를 보더니 슬그머니 내렸다. 마비 침을 탈출하기 위해 손을 들었다가 민망해서 내린 모양이다.

잠시 뒤 조심스럽게 손을 드는 사람이 있었다. 하은이었다.

"제가 이상하게 그 구슬에 자꾸 끌려요."

하은은 성장치가 모자란 상태에서 손을 들어 미안한지 얼굴이 빨개졌다.

"어차피 하은이 넌 공격 능력이 없어서 성장치가 낮은 거잖아. 다른 사람들 같았으면 벌써 100을 채우고 남았을걸."

헤라의 말에 모두 고개를 끄덕였다. 성준도 헤라의 말에 동의했다. 하은은 여태 일반 화살만으로 몬스터를 상대했다. 그래서 다른 사람들에 비해 영기 흡수가 늦을 수밖에 없었다.

직접 몬스터에게 피해를 준 사람에게 영기가 많이 흡수되는 지금의 상황에서 하은은 항상 적은 영기를 얻을 수밖에 없었다.

결국 성준은 하은에게 1레벨 구슬 하나와 방금 얻은 2레벨 구슬을 주었다. 하은에게 구슬을 주면서 성준은 돌아가서 구슬별 금액 계산을 다시 해야겠다고 생각했다.

모두 경계를 서고 있는 사이 하은은 1레벨 구슬로 성장치 100을 맞추고 2레벨 구슬을 먹었다.

하은이 고통을 참고 있다가 몸을 일으키자 모두 하은의 새로운 능력이 궁금한지 눈을 빛냈다.

―검투사 정보.
―영기 레벨 3.
―영기 성장치 0.
―영기 100.
―정신 방어 레벨 2, 영기 치료 레벨 2, 물 이용 레벨 1.

─영기 능력치 *160*

성준이 하은의 정보를 확인하고 있을 때 하은은 자신의 새
로운 능력을 사용해 보았다.

하은이 손을 내밀자 물 덩어리가 하은의 손앞에 생겼다. 하
은은 울상이 돼서 말했다.

"저는 보람 언니처럼 여러 개 못 만들겠어요."

그 모습을 본 다희가 중얼거렸다.

"문과의 한계야."

하은은 물을 공중에 띄우고 움직이다가 고개를 갸우뚱하
며 공중에 떠 있는 물에 손을 가져다 댔다. 손에서 빛이 나며
그 빛은 물로 옮겨졌다.

하은은 주위를 둘러보더니 아까부터 손끝이 갈라졌다고
투덜거리던 헤라에게 물을 날려 보냈다.

"앗, 차가워!"

헤라가 갑자기 맞은 물벼락에 놀라 하은을 노려보며 소리
쳤다.

"이 기집애야! 깜짝 놀랐잖아!"

"손가락 확인해 봐. 아직도 상처 나 있는지."

헤라는 하은의 말에 손을 확인했다.

"어라? 상처가 없어졌어."

하은은 혜라의 말에 활짝 웃으면서 일행에게 말했다.

"물방울에 치료 능력을 실을 수 있어요. 이제 멀리 떨어진 사람도 치료할 수 있을 것 같아요."

모두 잘되었다고 축하해 주고 있을 때 혜라가 하은의 뒤로 다가갔다.

"지금 말도 없이 이 몸을 실험 도구로 썼단 말이지?"

"미, 미안."

성준은 하은과 혜라가 툭탁거리는 모습을 보고 고개를 돌렸다. 일행의 한 명 한 명이 강해지고 있었다. 이대로 강해지다 보면 이 던전을 만든 놈들과 상대할 수 있을 것이다.

성준은 손으로 한쪽 눈을 꾹꾹 눌렀다. 자신의 고유 능력이 점점 자신도 모르는 방향으로 진화하고 있었다.

수리의 말에 의하면 이 능력은 분명히 적들에게 치명적인 한 수가 될 것이다. 그동안 자신은 자신의 능력을 갈고닦아야 했다.

"자, 이제 출발합시다. 목표가 얼마 남지 않았습니다."

성준의 말에 일행 모두는 일렬로 늘어서 있는 방풍림을 지나 낮은 풀이 깔린 지역으로 들어섰다.

주위의 몬스터들은 조금 전 비행 몬스터의 여파인지 일행이 나타나자 모두 사방으로 달아났다. 하지만 이곳에서는 피할 곳이 많지 않아 다들 구석으로 몰려가 덜덜 떨기만 했다.

일행 중에 여성들은 그런 몬스터들을 보고 안쓰러워했다. 이 상황에서 몬스터를 공격하자고 했다가는 엄청난 욕을 먹을 것 같았다.

일행이 호수로 다가가자 상당히 멋진 광경이 나타났다. 잔잔한 작은 호수와 그 옆으로 회색의 원통형 건물 한 채, 그 뒤로 병풍처럼 둘러싼 암벽들로 건물 모양이 좀 이상한 것을 제외하면 그야말로 그림 같았다.

성준은 이 호수에 영기 물고기들이 있다는 것을 확신했다. 조금 전 기분 나쁜 느낌을 참고 감각을 활성화해 보니 호수의 안에서 수많은 검은 영기가 움직이는 것이 보였다.

성준이 그동안 경험한 바로는 영기 물고기가 있는 곳에는 몬스터가 있을 확률이 높았다.

"모두 주의하세요. 몬스터들이 나타날 수 있습니다."

성준이 일행에게 주의하라고 경고하고 나자 일행의 앞쪽 하늘에서 다시금 몬스터들의 괴성이 들리기 시작했다.

캬아악!

건물 뒤쪽의 암벽에서 익룡을 닮은 비행 몬스터 수십 마리가 일행을 향해 날아오고 있다. 아까 본 1레벨 몬스터 외에도 덩치가 큰 몬스터들도 보였다. 성준이 영기분석으로 확인해 보니 2레벨 몬스터였다. 그들 사이에 엘리트 몬스터는 보이지 않았다.

"1레벨과 2레벨 몬스터들이에요. 엘리트 몬스터는 없어요."

성준의 말에 일행은 모두 전투 진형으로 자리를 잡았다.

"그런데 저 녀석들은 능력도 없이 어떻게 우리를 공격하려는 거지?"

재식이 일행 앞에서 방패를 들어 올리고 호기롭게 말했다. 일반 몬스터한테는 절대 자신의 방패가 뚫리지 않는다는 자신감이다.

재식의 말에 일행은 피식 웃고는 모두 무기를 들어 올렸다. 정 교관이 일행 가운데에 서 있다가 몬스터들이 충분히 사정거리 내로 다가오자 소리쳤다.

"공격!"

일행의 화살이 몬스터들을 향해 날아갔다.

쾅!

다희의 폭발 화살로 날아오던 몬스터들이 사방으로 흩어졌다. 흩어진 몬스터들은 전방에서 날아오는 화살에 의해 한 마리씩 추락하기 시작했다.

수리가 성준의 옆에서 하늘을 보며 말했다.

"여기는 쉽게 끝날 것 같네요. 이 정도면 주인님이 나서지 않아도 금방 끝나겠어요."

수리의 말에 성준은 고개를 흔들었다. 감각을 활성화한 성준의 눈에 암벽 너머로 크게 울렁거리는 영기가 보였다.

"곧 2레벨 엘리트가 나타날 거야. 그놈을 마저 잡아야 끝이야."

수리가 성준의 말에 놀라며 물었다.

"능력이 향상되신 건가요?"

"아, 이제는 영기의 흐름이 보이기 시작했어."

수리는 성준의 말에 고개를 끄덕였다. 자신의 예상대로 성준의 능력이 점점 강해져 가고 있었다.

몬스터들은 수리의 말대로 성준이 나서지 않아도 모두 정리될 분위기였다. 그나마 일행 근처까지 접근한 몬스터들은 보람의 물 포탄에 맞아 나가떨어졌다. 잘난 척하던 재식은 자신의 차례까지 돌아오지 않아서 속으로 투덜거리고 있었다.

몬스터들은 거의 다 일행의 공격에 추락했고, 몇 마리만이 살아남아 암벽으로 달아났다.

일행이 몬스터들이 달아나는 모습에 긴장을 풀자 성준이 한마디 했다.

"곧 2레벨 엘리트 몬스터가 나타날 겁니다. 모두 준비하세요."

일행이 어리둥절해하며 성준을 바라보았다. 그때였다.

쿠아아악!

암벽 너머에서 엄청난 괴성이 섬 전체에 울려 퍼졌다.

"이제 조합장 오빠는 예언도 하나 봐."

미리가 친구들에게 귓속말로 속삭였다.

몬스터의 괴성에 일행은 모두 정신을 차리고 다시 긴장을 높였다.

잠시 뒤 암벽에서 거대한 몬스터가 등장했다. 여태 본 익룡 같은 몬스터를 몇 배는 뻥튀기한 모습의 몬스터였다. 그 양옆으로는 두 마리의 화려한 꽁지 깃털을 한 1레벨 몬스터와 비슷한 몬스터들이 보였다.

그리고 그 세 마리를 따라 수많은 비행 몬스터가 암벽 위로 날아오르기 시작했다.

"이것들, 너무 많은데?"

호영이 식은땀을 흘리며 말했다. 예상보다 많은 몬스터에 기가 질린 모양이다.

성준이 앞으로 나서면서 말했다.

"충분히 상대할 수 있어요. 걱정 말고 준비하세요."

성준의 말이 끝나자 보람이 성준에게 소리쳤다.

"호수에 최대한 붙어주세요! 물이 많을수록 많은 능력을 활용할 수 있어요!"

보람의 말에 일행은 바로 호수를 향해 달려갔다. 그리고 몬스터들도 일행을 향해 날아오기 시작했다.

성준은 달리면서 앞장서서 날아오는 2레벨 몬스터의 정보를 확인했다.

—섬 지형 비행 생물 적응형 각성 버전.

—2등급.

—섬 지형 적응을 확인하기 위해 제조.

—특이 능력 각성: 영기 화염, 환영.

—강점: 강력한 불 공격과 정신 공격을 한다.

—단점: 거대한 몸체로 인해 자유로운 비행이 힘들다.

—분노.

성준은 몬스터의 정보를 보고 눈살을 찌푸리며 일행을 향해 소리쳤다.

"불 공격과 정신 공격입니다!"

성준의 말에 일행은 정신 쪽 공격은 이번이 처음인지라 동요하는 눈치다.

하은은 자신의 고유 능력 표식을 쓰다듬었다. 그리고 모두에게 말했다.

"정신 공격은 제가 해결할 수 있을 거예요. 걱정하지 마세요."

하은은 자신의 능력을 사용하기 위해 연습하기 시작했다.

정 교관이 앞으로 나서서 일행을 지휘했다.

"일제 타격으로 수를 줄입시다! 사정거리 안에 들어오면 공격합니다!"

일행은 모두 날아오는 몬스터들을 향해 무기를 들었다.

성준은 감각을 활성화해서 엘리트 몬스터를 바라보았다. 아직 사정거리가 되지 않았는데도 날아오는 엘리트 몬스터의 다물어진 부리 안쪽에서 영기가 뭉쳐지는 것이 느껴졌다.

"적이 공격합니다!"

성준이 바로 소리치자 재식과 보람은 반사적으로 전방에 방패를 만들어냈다.

그리고 몬스터의 입이 열리고 그 입에서 화염 덩어리가 일행을 향해 튀어나왔다.

펑!

화염은 다행히 보람의 방패도 뚫지 못했다. 보람의 물 방패와 화염 덩어리는 중간에서 충돌해 거대한 수증기를 만들어내면서 사라졌다.

자신의 공격이 막히자 엘리트 몬스터는 인상을 쓰고 소리를 질렀다.

삐이익!

그 소리에 다른 몬스터들이 일제히 일행을 향해 쏟아져 내려왔다. 그 몬스터들의 뒤쪽에서는 2레벨 엘리트 몬스터와 1레벨 엘리트 몬스터들이 움직이기 시작했다.

"발사!"

몬스터들이 사정거리에 들어서자 정 교관이 바로 소리쳤다. 몬스터들을 향해서 화살이 날아가기 시작했다. 하늘은 온통 화살 날아가는 소리와 몬스터들의 날갯짓, 그리고 추락하는 몬스터들의 비명으로 가득 찼다.

몬스터들 뒤로 1레벨 몬스터들이 접근해 입을 열었다. 그러자 입에서 아까 본 불덩어리보다 조금 작은 불덩이가 튀어나왔다.

그 불덩어리를 본 보람이 물로 방패를 만들었다. 그리고 보람은 묘한 느낌에 2레벨 엘리트 몬스터를 바라보았다.

자기도 모르게 몬스터와 눈이 마주친 보람은 갑자기 멍하니 두 손을 늘어뜨리고 말았다. 당연하게 보람이 만든 물 방패는 사라졌다.

"이런!"

재식이 그 모습을 보고 깜짝 놀라 자신의 방패 능력을 활성화했다. 다행히 불덩어리는 막을 수 있었지만 일행은 모두 깜짝 놀랐다.

하은은 보람이 당하는 모습을 확인하는 순간, 자신의 능력을 사용하는 법을 알 수가 있었다. 자신의 능력은 적의 공격을 확인해야만 대응 방법을 알 수 있는 모양이었다.

하은은 머리 위로 물을 일행이 덮일 만큼 가득 펼쳤다. 그리고 그 물에 자신의 고유 능력을 퍼부었다. 일행의 머리 위로 떠 있는 얇은 물의 막에서 빛이 났다.

성준은 보람이 당하는 모습에 인상을 쓰고 엘리트 몬스터를 바라보았다. 엘리트 몬스터는 자신의 환영 능력이 하온에 의해 통하지 않게 되자 작은 놈들과 함께 다시 화염을 모으는 것 같았다.

"내가 가서 보스를 잡지. 다른 이들을 부탁해."

"네."

수리는 성준의 말에 고개를 끄덕였다. 성준은 물의 막을 뚫고 엘리트 몬스터를 향해 솟구쳐 오르기 시작했다.

성준은 앞에서 날아드는 몬스터들을 허공을 이리저리 박차 피하면서 엘리트 몬스터를 향해 접근했다. 이제 4레벨이 되니 급격하게 움직이지 않는 한 영기가 부족하지 않을 것 같았다.

엘리트 몬스터는 접근하는 성준을 보고 자신이 모으고 있던 불덩어리를 쏘아 보냈다.

성준은 앞으로 날아오는 불덩어리를 향해 뛰어들어 검으로 불덩어리를 갈라 버렸다. 강화된 절단강화로 인해 검은 이제 영기 자체를 잘라 버릴 수 있게 되었다.

성준은 반으로 갈라진 불덩어리 사이로 몬스터를 향해 날아갔다.

엘리트 몬스터는 영기를 두 눈에 집중해 성준을 향해 쏘아
보냈다.

이상한 감각에 성준은 자신도 모르게 보스 몬스터의 눈을
바라보았다. 그리고 성준은 소말리아의 한 마을에 서 있는 자
신의 모습을 보았다.

사방으로 총탄이 날아다니고 전우가 총탄과 포격으로 죽
어 나가고 있다.

"어서 달아나! 작전이 잘못되었어!"

순간 성준에게 달아나라고 떠민 중사의 모습이 바로 총탄
에 휘말려 사라져 버렸다. 그리고 멀리서 적이 밀려오는 모습
이 보인다.

성준은 이를 악물고 이곳을 빠져나가야겠다고 생각했다.
살아나가서 이곳의 진실을 모두에게 이야기하고 작전을 짠
놈을 죽여 버려야겠다고 생각했다.

성준은 달아날 곳을 찾기 위해 감각을 활성화했다. 그리고
영기에 얼룩진 세상을 보게 되었다.

"아, 그렇군."

성준은 얼룩진 영기로 인해 이곳이 어디인지 알 수 있었다.
성준은 눈앞으로 다가오는 가장 큰 얼룩을 향해 주먹을 내질

렀다.

쾅!

큰 폭음과 함께 성준의 시야가 돌아왔다. 성준의 눈앞에서 엘리트 몬스터가 아래로 추락하고 있다. 성준은 허공을 박차 밑으로 떨어지는 몬스터를 추격했다.

그리고 몬스터가 땅에 닿기 직전 반쯤 터져 나간 몬스터의 머리에 검을 꽂아 넣고 몬스터와 함께 지상과 충돌했다.

성준은 영기로 사라져 가는 몬스터의 몸 위에 누워서 천장을 바라보았다.

"이제는 이곳도 환상처럼 보이는군."

성준은 얼룩이 흐르는 세상에서 눈을 감고 감각을 차단했다.

이어 감았던 눈을 뜨고 일행 쪽을 바라보았다. 재식의 방패 능력에 부딪쳐 허공으로 흩날리는 화염과 추락하는 몬스터들이 보인다.

그리고 잠시 뒤 몬스터들은 모두 바닥에 떨어져 연기가 되어 사라졌다. 최후까지 버티던 두 마리의 1레벨 엘리트 몬스터는 다희와 혜라, 정 교관의 집중 공격에 결국 버티지 못하고 연기가 됐다.

성준은 멍하니 모든 전투를 지켜보고 있었다. 조금 전의 환상의 여파가 아직도 남아 있는 상태이다.

전투가 마무리되자 수리가 제일 먼저 성준을 향해 달려왔다.

"괜찮으세요?"

성준은 손을 흔들어서 무사함을 보여주었다.

"괜찮아. 엘리트 몬스터가 보여준 환상 때문에 조금 멍해져서 그래."

수리는 성준의 말에 안심하고 바로 몬스터가 사라진 곳에서 구슬을 찾아 성준에게 주었다. 구슬은 나중에 확인해 보기로 하고 몸을 일으켜 세웠다.

일행은 성준을 걱정했지만 성준이 손을 흔드는 것을 보고는 전장을 수습하기 시작했다.

하은은 보람의 옆에 붙어서 보람을 간호하고 나머지 사람들은 1레벨 엘리트 몬스터의 구슬과 여태까지 쏜 화살을 찾아다녔다.

성준은 수리와 함께 보람에게로 걸어갔다. 자신의 경우와 같다면 보람도 가슴속에 남아 있는 시간을 경험했을 것이다.

성준은 무릎을 꿇고 멍하니 앉아 있는 보람에게 말했다.

"괜찮아. 그냥 나쁜 기억일 뿐이야."

보람은 성준의 말에 고개를 돌려 성준을 바라보았다. 보람의 눈에서 눈물이 쏟아지더니 성준을 와락 껴안고 엉엉 울기 시작했다.

보람을 보살피던 하은은 그 모습을 보곤 화를 내기도 그렇고 해서 입술을 삐죽 내밀었다.

성준이 난처한 얼굴로 보람의 어깨를 두들겨 주자 보람은 얼굴이 빨개져서 고맙다는 한마디를 남기곤 슬그머니 도망쳐 버렸다.

"다들 주인님을 기다리고 있습니다."

성준의 뒤에서 퉁명스러운 목소리가 들려왔다. 성준이 뒤돌아보니 수리가 무표정한 얼굴로 서 있다.

성준은 표현이 점점 풍부해지는 수리의 모습에 피식 웃고는 일행을 향해 움직였다.

일행은 땅에 떨어진 화살과 구슬을 모두 회수했다. 나머지는 호수에 떨어졌는데 보람이 아직도 붉은 기가 남은 얼굴로 물을 움직여 회수하려고 하고 있다.

"보람아, 잠깐만 기다려 봐."

성준은 보람을 잠깐 멈추게 하고 호수로 다가가 검을 물에 집어넣고 독 능력을 활성화시켰다.

검을 중심으로 호수 물이 녹색으로 변해갔다. 전보다 배는 빠른 속도다.

잠시 뒤 호수 물은 녹색으로 변했고, 물 위로 구슬들이 떠올랐다. 물고기들이 물 위에 떠오르기도 전에 영기로 변해 버린 모양이다.

성준은 너무나 강한 독기에 걱정이 되었다. 하지만 검을 물에서 빼내자 바로 물빛이 정상으로 돌아왔다. 호수가 정상으로 돌아오는 모습을 본 성준은 하은의 새로 얻은 능력에 생각이 미쳤다.

"하은아, 네 물에 심은 치료 능력은 얼마나 유지할 수 있어?"

하은은 갑작스러운 질문에 차분히 대답했다.

"물 자체를 제가 제어해야 해요. 제어가 끊어지면 보통의 물로 변해요."

성준은 고개를 끄덕였다. 발현 쪽의 능력은 유지하기가 힘든 모양이었다.

성준이 보람을 향해 말했다.

"이제 회수 부탁할게."

보람은 다시 손을 올려 호수를 향해 능력을 사용하기 시작했다.

보람의 손과 물줄기로 연결된 호수에 약한 물결이 생기더니 호수 위에 떠 있던 화살과 구슬이 일행 쪽으로 움직이기 시작했다. 그리고 잠시 뒤 성준의 손에 백여 개의 영기 회복석이 놓여 있다.

"아, 어디 영기회복석 왕창 나오는 데 없나?"

헤라가 성준의 손을 힐끔 보더니 투덜거렸다. 너무 적게 나와서 불만인 모양이다. 성준은 3레벨 던전에서는 더 많은 회복석이 나오기를 기대했다.

"자, 여기서 점심 먹고 좀 쉬겠습니다. 이제 앞의 건물에서 몬스터들을 잡고 보스 존으로 진입할 것입니다. 한참 고생할 것 같으니 최대한 휴식을 취하세요."

"네~"

성준의 말에 모두 점심을 준비하기 위해 뛰어다니기 시작했다. 다들 평화로운 식사 시간의 소중함을 알고 있어서 이런 시간이 오면 최대한 활용하기 위해 노력했다.

잠시 뒤 모두는 점심을 먹었다. 주먹밥과 전투식량뿐이었지만 모두 평화로운 분위기에 취해 즐겁게 식사를 했다. 성준도 주먹밥 하나를 입에 넣고 한가로운 호숫가의 분위기를 만끽했다.

빈센트는 멍하니 앉아서 호수를 바라보고 있었다.

2레벨 던전도 처음이지만 이런 식사 분위기도 처음이다. 독일에서는 오로지 살아남기 위해 먹었는데 이곳의 식사 분위기는 마치 휴양지에서의 식사 시간 같았다. 그는 일행의 긴장이 풀어지지 않을까 걱정스러웠다.

하지만 빈센트는 시간이 지나 장비를 갖추고 선 일행의 모습에 걱정을 접었다. 일행은 모두 전사의 모습으로 돌아가 있었다.

성준은 모두 모인 일행을 돌아보았다. 이제 방금 얻은 구슬을 줄 사람을 정해야 했다. 성준은 주머니에서 구슬을 꺼내 영기분석으로 내용을 확인했다.

—영기보석 영기 화염 레벨 2.
—레벨 2 영기 성장치 100 검투사를 3레벨 검투사로 만듦.
—레벨 3 이하 검투사의 영기 성장치를 증가시킴.
—화염 덩어리를 만들거나 물체에 불을 붙일 수 있음.
—불이 잘 붙는 물체에 효과가 좋음.
—적용 방법: 먹기.

성준이 내용을 확인하고 고개를 들자 미리와 친구들의 눈이 별처럼 빛나고 있다. 이번엔 자신의 차례가 아닐까 생각한 모양이다.

"이 구슬의 능력은 영기 화염이다."

여고생들의 얼굴에 낙심한 표정이 나타났다. 미리는 혹시 몰라 성준에게 말했다.

"화살에 화염을 걸면 불화살이 되지 않을까요?"

그 말에 물 능력을 가지고 있는 보람이 고개를 흔들었다.

"아마 화살 전체에 불이 붙을 거야. 표적에 도착하기도 전에 불타 버릴걸."

마지막 기대를 걸고 있던 미리도 고개를 푹 숙였다. 성준이 미안한 마음에 뻘쭘하게 서 있는데 호영이 번쩍 손을 들었다.

"내 나무들은 불붙은 채로 날아갈 수 있어. 3레벨이 되면 만들어내는 나무 형태도 충분히 제어 가능해."

호영의 눈치 없는 말에 미영이 호영의 옆구리를 팔꿈치로 힘껏 찔렀다.

"윽!"

"눈치 좀 보고 말해요!"

호영은 옆구리를 쓰다듬으면서 주위를 둘러보았다. 그리곤 이내 분위기를 파악하더니 미리와 친구들에게 고개를 숙였다.

"아, 미안."

그 모습을 뒤에서 보고 있는 미영이 입가에 미소를 지었다. 호영의 모습이 처음 던전에 들어올 때보다 많이 유해진 것이다.

그 두 사람의 모습을 본 여성들은 멋진 내조의 모습에 존경스러운 표정이고, 남자들은 잡혀 사는 호영의 모습에 안쓰러워하는 표정이 되었다.

그렇게 좋게 수습되어 구슬은 호영이 먹게 되었다.

잠시 뒤 호영은 불붙은 나무를 쏘아 올리면서 광소를 터뜨렸다.

"크하하하하! 이제 나도 3레벨이다! 모두 불타라!"

호영의 방화범 같은 모습에 일행은 고개를 절레절레 흔들었다. 그리고 호영은 미영에게 뒤통수를 맞고 말았다.

*   *   *

크게 산불을 낼 뻔한 불붙은 통나무들은 보람에 의해 진화되었고, 일행은 작은 호수 옆을 돌아서 건물 앞에 도착했다. 이어 바로 성준이 앞장선 채로 일행은 모두 건물 안으로 진입했다.

건물의 안은 항상 보던 모습이었다. 성준은 건물의 중심으로 가서 그곳에 있는 기둥을 보았다.

시간제한 귀환 쇠기둥.

10분 시간제한. 시간 안에 소환된 몬스터를 다 잡으면 보스 룸 이동 존으로 변함.

아버지가 돌아가셨습니다. 딸인 제가 그 뜻을 이어갑니다.

기둥에는 숙연한 내용이 적혀 있었다. 성준은 검에 절단강화를 걸어 그 아래에 글을 남겼다. 이제 성준도 이곳에 글을 남길 만한 능력이 되었다.

　가디언 에보나 수리와 일행, 3레벨 던전 진행 중.

　성준의 옆에 와 있던 수리는 글을 읽고 성준을 돌아보았다.
　"수리, 네가 전에 쓰던 내용을 이어가야지."
　성준은 검을 소환 해제하며 수리에게 말했다. 그리고 돌아
서서 일행에게 소리쳤다.
　"전과 같은 내용입니다! 모두 전투 준비!"
　뒤에서 성준이 글 쓰고 있는 모습을 보던 일행도 수리를 향
해 미소를 보내고 모두 진형을 갖추었다. 수리는 조용히 성준
을 바라보다가 자신의 자리로 이동했다.
　이번에는 하은이 기둥 옆으로 다가가 손을 올릴 준비를 했
다. 이제 떨어져서도 치료할 수 있게 되었기에 그녀가 손을
올리기로 한 것이다.
　성준은 일행이 모두 자리를 잡은 것을 확인한 후 하은에게
고개를 끄덕였다. 하은이 손 문양에 자신의 손을 올렸다.
　듣기 싫은 소리가 기둥에서 나면서 문양이 생겼다. 그리고
일행의 앞에 몬스터가 나타났다. 몬스터는 높이가 사람만 한
크기의 개나 늑대처럼 생긴 몬스터였다.
　"나왔다!"

정 교관이 몬스터의 모습을 보고 한쪽만 남은 눈을 일그러 뜨렸다. 정 교관은 이놈의 상위 엘리트 몬스터에게 한쪽 눈을 당했다. 그는 조금만 더 기다리면 놈을 만날 수 있다는 생각에 남은 한쪽 눈을 빛냈다.

성준은 새로 나온 몬스터의 정보를 확인했다.

―개아목 생물 실험체.
―1등급.
―특이 능력: 없음.
―강점: 강한 이빨과 빠른 이동.
―단점: 저돌적이다.
―흥분.

성준이 몬스터의 정보를 확인하자 바로 정 교관이 차갑게 일행에게 말했다.

"공격!"

일행은 갑자기 차가워진 정 교관의 목소리에 움찔했지만 바로 화살로 몬스터를 제거했다.

그렇게 몬스터들은 나오자마자 모두 일행에 의해 제거되었다. 몬스터들이 뛰어서 피하든지 피해를 감수하고 달려들든지 모두 의미 없는 일이었다. 이미 일행의 능력은 이 정도 몬스터의 공격은 신경 쓰지 않을 정도가 되었다.

결국 일반 몬스터들이 모두 제거되자 정 교관이 앞으로 나섰다.

"엘리트 몬스터는 제가 잡게 해주시기 바랍니다. 이 녀석에게는 갚을 게 좀 있어서요."

정 교관이 자신의 안대를 가리키며 하는 말에 일행 모두는 뒤로 물러섰다. 하지만 만약을 대비한 경계는 잊지 않았다.

정 교관 앞에 5m 정도 되는 머리가 두 개짜리 몬스터가 등장했다.

"와, 1레벨치고는 되게 크다."

몬스터의 모습을 보고 다희가 놀라 혼잣말을 중얼거렸다.

정 교관은 창을 들고 몬스터를 가리켰다.

"와라!"

몬스터는 앞에서 얼쩡거리는 존재를 향해 각각 다른 머리가 함께 으르렁거렸다. 몬스터는 정 교관을 앞에 두고 천천히 옆으로 돌았다.

성준은 만약을 대비해 몬스터의 정보를 파악했다.

—개아목 생물 실험체 각성 버전.

—1등급.

—특이 능력 각성: 고속 이동.

—강점: 순간적인 빠른 이동으로 적 격파.

—단점: 이동 후 딜레이 생김.

—흥분.

성준은 몬스터의 능력과 약점을 이야기해 주려고 하다가 입을 다물었다. 지금의 정 교관에게는 이런 정보가 필요 없었다.

천천히 옆으로 돌던 몬스터가 갑자기 정 교관을 향해 달려들었다.

천천히 움직이다가 관성을 무시하고 뛰어드니 일반인이 보기에는 마치 순간이동처럼 보일지도 모른다. 하지만 이곳에 있는 사람 중에 일반인은 아무도 없었다. 더군다나 정 교관은 오랜 시간 무술을 연마해 온 사람이다.

슉슉슉슉!

몬스터는 눈앞의 공간을 가득 채우는 수십 개의 창에 깜짝 놀라며 다시 한 번 능력을 사용해서 뒤로 물러섰다. 하지만 그 짧은 시간에 몬스터는 창에 의해 여러 군데 상처를 입었다.

몬스터는 자신의 상처를 보고 다시 한 번 공격하기 위해 정 교관을 바라보았다. 순간 몬스터는 눈앞을 가득 메우는 창에 그대로 찔려 버렸다.

퍽!

몬스터가 뒤로 물러서자 따라 달려든 정 교관이 몬스터가 상처에 눈이 팔린 순간 창을 내지른 것이다.

5m나 되는 거대한 몬스터는 정 교관에 의해 연기가 되어서 사라졌다.

이어 나타난 두 마리의 엘리트 몬스터도 정 교관의 투창 능력과 강화된 창의 공격에 각각 연기가 돼서 사라졌다.

연기가 되어서 사라지는 두 마리의 몬스터를 뒤로하고 정 교관은 일행에게 고맙다는 표현으로 깊게 머리를 숙였다.

"저분은 뭘 해도 무협지다."

"아냐. 처음 혼자서 담배 피우고 있는 모습은 느와르의 한 장면이었어."

다희의 말에 하은이 한마디 했다.

일행에게 돌아와 자리를 잡은 정 교관 앞으로 1레벨과 2레벨이 섞인 수많은 몬스터가 등장했다. 정 교관은 일행과 함께 몬스터들을 도륙했다.

마지막으로 수리가 2레벨 몬스터의 목을 베어버리자 던전 전체에 목소리가 울려 퍼졌다.

[시간 안에 모든 몬스터를 잡았습니다! 보스 룸 이동 존으로 전환됩니다.]

바닥의 문양이 검은색의 소용돌이 문양으로 순식간에 바뀌었다.

"자, 이제 보스를 제거합시다."

성준의 말을 마지막으로 일행은 소환진에서 사라졌다.

정신을 차린 일행은 주위를 둘러보았다.

두 번이나 와본 보스 존 시작 지점이었다. 넓은 돌로 만들어진 석실이 일행을 반겼다. 바닥에 둥글게 빛나는 문양이 시작 지점을 환하게 만들어주고 있었다.

성준은 매번 하던 대로 주위를 둘러보고 안전한지 확인했다. 감각을 활성화해서 생기는 얼룩에 일행 모르게 인상을 썼지만, 이곳은 전에도 확인했듯이 안전한 것 같았다.

"다 같이 가도록 합시다. 두 번 왔었는데 매번 정찰이 크게 의미가 없었어요."

성준의 말에 모두 고개를 끄덕였다. 일행은 전투용 장비만을 챙긴 채로 출발했다. 매번 많은 식량과 장비 등을 두고 나가지만 안전을 위해서는 어쩔 수 없었다.

전에 본 것처럼 통로는 빛나는 돌이 중간마다 박혀 있는 잘 연마된 돌로 이루어져 있었다. 일행은 아무 말 없이 긴장한 모습으로 걸어갔다. 일행이 10여 분 정도 걸어가자 앞에 커다란 홀이 보인다.

전에 본 보스 룸과 크게 다르지 않았다. 커다란 신전과 같은 형태로 이루어진 방이고, 입구부터 반대편 벽까지 주변과 다른 모양으로 된 돌로 이루어져 있는 길이 쭉 이어져 있다.

보스 룸은 수많은 기둥이 천장을 받치고 있었다. 일행으로부터 보스가 있는 곳까지 이어진 길 외에는 많은 기둥 탓에 진형을 갖추고 시야를 확보하기가 어려워 보였다.

일행의 반대편 끝에는 보스 몬스터가 높은 제단 위의 화려한 의자에 앉아 있다. 보스 몬스터는 키가 3m 정도로 늑대의 얼굴을 하고 온몸에 털이 가득한 인간형 몬스터였다. 온몸에 난 갈색 털에는 윤기가 흐르고 있다.

보스 몬스터는 다른 보스 몬스터들처럼 무료한 표정으로 앉아 있었다. 성준은 보스 몬스터의 정보를 확인했다.

―*리칸트로피의 아바타.*

―*3등급.*

―*리칸트로피의 던전 관리용 아바타 A형.*

―*순간이동 2레벨, 동족 통솔 2레벨.*

―*약점: 일정 수 이상의 통솔은 어려움.*

―*본체: 리칸트로피 5등급.*

―*무료함.*

성준은 제한 없이 모두 보이는 정보에 잠시 기뻤다. 레벨이 올라서 제한이 풀린 것 같았다. 하지만 5레벨이라는 본체의 등급에 고개를 흔들었다. 만약 저 본체가 인류를 침공한다면 지금으로선 막을 방법이 없었다.

보스 몬스터는 일행을 보더니 늑대의 얼굴로 미소를 지었다. 늑대의 어금니가 번쩍였다.

"항상 무료했는데 잘되었다."

일행을 향해 역시 처음 듣는 언어로 말한 보스 몬스터는 한 손을 들어 올렸다.

"모두 나와라! 다 같이 즐겨보자!"

다른 때와 마찬가지로 기둥 사이사이에서 공중에 문양이 만들어지더니 몬스터들이 쏟아져 나오기 시작했다.

모두 좀 전에 본 개처럼 생긴 몬스터들이다. 덩치가 큰 놈도 보이는 것이 2레벨 몬스터 같았다.

2레벨 몬스터들은 땅을 뛰어다니다가 기둥을 박차고 반대편 기둥까지 점프했다. 굉장한 점프력이다.

쏟아져 나온 몬스터들은 잠시 요란하게 움직이더니 바로 진형을 갖추기 시작했다. 성준이 감각을 활성화해서 보니 보스의 손에서 나온 영기가 몬스터들과 이어져 있었다.

"보스 능력이 순간이동과 통솔이에요. 몬스터들이 진형을 갖춘 채 공격할 거예요."

재식이 성준의 말에 투덜거렸다.

"하나같이 쉬운 놈이 없네."

수리가 진형을 갖춘 채로 눈을 빛내는 몬스터들과 일정하게 세워져 있는 기둥을 보고 성준에게 말했다.

"기둥 때문에 우리는 진형을 갖추고 싸우기 힘들 것 같아요."

성준은 수리의 말에 가장 가까운 기둥으로 걸어갔다. 그리고 수리를 향해 말했다.

"기둥이 불편하면 없애면 되지."

성준은 주먹에 영기를 가득 담아 기둥을 후려쳤다.

쾅!

기둥이 성준의 주먹에 반 이상이 터져 나가며 몬스터들을 향해 넘어지기 시작했다.

성준은 넘어지는 기둥을 발로 박차 바로 옆의 기둥을 향해 날아가 기둥을 검으로 잘라 버렸다. 그런 식으로 성준이 기둥을 오가기 시작하자 석실은 그야말로 난장판이 되었다.

몬스터를 향해 차례로 넘어지는 기둥 사이를 날아다니는 성준의 모습을 일행은 멍하니 쳐다보았다.

"와, 과격해라!"

"확실히 터프해졌다."

헤라와 다희가 눈이 휘둥그레져서 말했다. 다들 그녀들의 말에 동의하는 표정이다.

"멈춰라!"

사방의 기둥이 무너지는 모습에 보스 몬스터가 분노에 찬 소리를 내지르며 의자를 박차고 성준을 향해 점프했다. 중간에 밑으로 떨어지던 보스 몬스터는 다시 한 번 기둥을 박찼다.

또 하나의 기둥을 무너뜨린 성준은 보스 몬스터가 움직이는 모습에 미리 대비하기 시작했다.

기둥을 박찬 보스 몬스터는 성준과의 거리가 20m 정도 되자 성준의 눈앞에서 사라졌다.

'능력 사용이다!'

성준은 등 뒤에서 느껴지는 감각에 바로 앞으로 튀어 나갔다. 성준의 등에 실선이 그어지며 피가 튀었다.

성준은 인상을 쓰며 뒤로 돌았다. 보스 몬스터들은 영기 보유량이 엄청나게 많은지 수시로 능력을 사용했다. 항상 긴장하지 않으면 위험했다.

성준의 예상대로 성준의 뒤쪽에서 손톱을 세운 채 휘두르던 몬스터가 다시 사라졌다.

성준은 바로 바닥을 박차 하늘로 솟구치며 일행에게 소리쳤다.

"다른 몬스터들을 막아줘요!"

보스 몬스터는 성준이 있던 자리에 나타나 성준을 향해 길게 늘어난 손톱을 휘둘렀지만, 성준의 발밑을 지나가고 말았다.

보스 몬스터는 고개를 들어 위를 쳐다보고 다시 한 번 능력을 사용했다. 보스 몬스터가 그 자리에서 사라졌다.

성준은 위로 솟구치다가 갑자기 위로 절단강화가 걸린 검을 찔렀다.

푹!

"크악!"

갑자기 나타난 보스 몬스터는 자신의 팔을 찌른 검에 놀라 비명을 질렀다. 그리고 바로 능력을 사용해서 이동했다.

성준은 보스가 사라지자 바로 몸을 한 바퀴 회전해서 발을 위쪽으로 향해 다시 허공을 박찼다. 성준은 잠시 공중에서 멈추더니 밑으로 내리꽂혔다.

성준의 아래쪽 바닥에 다시 나타난 보스 몬스터는 위를 쳐다보다가 깜짝 놀랐다. 성준이 자신을 향해 내리꽂히는 것이다.

보스 몬스터는 인상을 썼다. 어떻게 계속해서 자신이 나타나는 방향을 아는지 알 수가 없었다. 보스는 바로 능력을 사용해 일반 몬스터들 사이로 이동했다.

콰콰쾅!

몬스터들 사이에 나타난 보스 몬스터는 눈앞에 쏟아지는 수많은 공격에 깜짝 놀랐다.

보스 몬스터는 난데없는 공격에 능력을 사용할 틈도 없이 뒤로 튕겨져 나갔다. 보스 몬스터를 계속 영기의 흐름으로 쫓던 성준은 그 모습을 보고 피식 웃었다.

보스 몬스터는 몬스터들 사이에 숨는다는 것이 그만 성준 일행의 공격에 휘말려 버렸다.

성준은 그동안 감각을 활성화해서 보스를 관찰했다. 그는 보스가 순간이동 능력을 사용하는 순간 보스와 순간이동의 목표 지점 사이에 영기로 길이 만들어지는 것을 알 수가 있었다.

보스 몬스터는 뒤로 튕겨져 나가면서 미친 듯이 분노했다. 자신이 완전히 우롱당하는 느낌이다. 보스 몬스터는 바닥에 떨어지기 전에 자신의 힘을 개방했다. 보스 몬스터의 몸에 생긴 상처들이 사라져 가기 시작했다. 성준의 검에 찔린 상처도 사라져 갔다.

'변신이냐!'

영기의 흐름이 바뀐 것을 본 성준은 온몸을 긴장했다.

힘을 개방한 보스 몬스터는 공중에서 몸을 회전해서 바닥에 착지했다.

"이제 나는 무적이다! 모두 죽인다!"

보스 몬스터는 좀 더 커진 덩치에 완연한 늑대의 모습으로 변했다. 그리고 그의 몸은 살짝 색이 바랜 느낌이 들었다.

─리칸트로피의 아바타.

─3등급.

─리칸트로피의 던전 관리용 아바타 B형.

─순간이동 2레벨, 동족 통솔 2레벨.

─약점: 몸 전체가 반영기화로 무적이나 목이 잘리면 소멸.

─본체: 리칸트로피 5등급.

─분노.

성준은 보스 몬스터를 향해 날아가다 놀라서 능력이 끊어질 뻔했다. 자신의 능력이 얼마나 무서운 능력인지 알 것 같았다.

감각을 활성화한 성준의 눈에도 몬스터의 영기의 흐름이 모두 바뀌었는데 목의 영기만 그대로인 모습이 보였다.

오랜만에 느끼는 몸의 감각에 적응한 보스 몬스터는 자신을 향해 날아오는 성준을 보았다. 보스 몬스터는 입가에 미소를 지었다.

자신은 공격이 가능하지만 적은 자신을 공격할 수 없었다.

손톱을 제외하고 모두 영기화한 보스 몬스터는 성준을 향해 점프했다. 성준과 보스 몬스터는 서로를 향해 달려들었다. 눈 깜짝할 사이에 마주친 그들은 서로 길게 변한 발톱과 절단 강화가 된 검을 휘두르며 지나쳤다.

푸악!

몬스터를 지나친 성준의 가슴부터 옆구리까지 깊게 베여 피가 뿜어져 나왔다. 다행히 급소는 벗어난 것처럼 보였다.

그리고 반대쪽으로 날아가는 보스 몬스터의 몸에는 머리가 보이지 않았다. 보스 몬스터의 머리는 어리둥절한 채로 허공에서 빙글빙글 돌고 있었다.

성준은 반대편 바닥으로 착지해서 옆구리를 잡고 휘청거렸다.

'피가 너무 많이 나와서 위험한데?'

츄악!

성준이 옆구리를 잡고 걱정하고 있을 때 성준의 몸에 차가운 물이 쏟아졌다. 그리고 가슴에서 옆구리까지 난 상처가 사라져 가기 시작했다.

"위험하게 싸우지 좀 말아요!"

멀리서 하은이 성준에게 소리치고 있다.

일행은 몬스터들이 접근하기도 전에 모두 안전하게 제거하고 있었다. 이미 거의 무너져 내린 기둥들로 인해 시야와 움직일 공간을 확보한 일행은 오히려 무너진 기둥들로 인해 움직임이 불편해진 몬스터들을 효과적으로 제거하고 있었다.

성준이 보스 몬스터를 제거하자 모든 몬스터들이 사라져 갔다. 그리고 아직까지 성준이 무너뜨린 기둥의 여파로 나머지 기둥들도 무너지고 있었다.

성준은 점차로 치료되는 몸을 느끼며 엘리트 몬스터의 시체가 있는 곳으로 걸어갔다. 성준이 보스 몬스터가 있던 자리에서 구슬을 찾자 자신의 몸이 사라져 가는 것이 느껴졌다. 성준은 머리 위로 떨어져 내리는 기둥을 보고 피식 웃었다.

"너무 늦었어."

성준과 일행은 던전에서 사라졌다. 그리고 성준이 사라진 자리로 기둥이 넘어졌다.

제4장
결집 Ⅰ

성준은 눈을 뜨고 하늘을 보았다. 오후의 햇살에 눈이 부시다.

멍하니 하늘을 바라보고 있으니 뒤쪽에서 활기찬 일행의 목소리가 들려온다. 다들 몬스터홀을 제거해서 기쁜 모양이다.

성준은 누운 몸을 일으켜 양반다리를 하고 일행을 바라보았다.

여성들은 신이 나서 수다를 떨고 있다. 거기에 수리까지 말려든 모양이다. 하지만 즐거워 보이는 모습이 그리 나빠 보이지 않았다.

호영과 미영은 무슨 이야기를 하는지 즐겁게 웃으며 담배를 하나씩 입에 물었고 재식은 하늘을 바라보고 있고 정 교관과 빈센트는 여성들을 바라보며 미소를 짓고 있다.

성준은 두 손으로 얼굴을 찰싹 때렸다. 이제 이곳에서 인간들과의 총칼 없는 전투를 시작해야 한다.

하지만 그전에 할 일이 하나 있었다. 성준은 일행을 향해 소리쳤다.

"던전에서 약속했죠? 우리 휴가 갑시다!"

성준의 말에 일행이 눈을 동그랗게 뜨더니 곧 만세를 외쳤다.

"와!"

"조합장님 최고!"

일행의 목소리가 초여름의 하늘로 울려 퍼졌다.

두 번이나 몬스터홀을 제거한 경험 덕분에 일행은 빠르게 주변을 정리하고 서울로 돌아가는 버스에 올라탈 수 있었다.

일행은 멍하니 바라보는 군인들을 뒤로하고 서울을 향해 출발했다.

이번에는 그리 피곤하지 않은지 아니면 휴가 갈 생각 때문인지 서로 즐겁게 이야기를 나누고 있다.

하지만 보람은 울상이 되어 있었다. 지금 예약해서는 도저히 어디든 가는 것이 불가능했다. 성준이 무슨 생각으로 이야기했는지 알 수가 없었다.

보람이 화난 얼굴로 뒷자리에 앉은 성준을 돌아보았다. 성준은 통화를 하고 있었다.

"아, 가능하다고요? 네, 감사합니다. 그럼 내일 뵙도록 하죠."

전화를 끊은 성준은 마침 자신을 바라보고 있는 보람과 눈이 마주쳤다.

"목적지하고 이동 수단 마련되었어. 내일 서울 공항으로 가면 돼."

"네?"

보람은 어리둥절해서 눈만 껌벅였다. 성준은 자리에서 일어나 뒤의 일행에게 이야기했다.

"내일 아침 10시까지 수영복 지참하고 서울 공항 집합입니다. 2박 3일 예정입니다. 그것에 맞추어 준비해 주세요. 여권 챙기고요."

"네!"

"외국이다!"

"근데 김포 공항이나 인천 공항이 아니라 서울 공항?"

"어디 가는 거예요?"

이곳저곳에서 환호성과 질문이 쏟아졌지만 성준은 대답을 미뤘다.

"비밀입니다. 내일의 즐거움으로 남길게요."

"우우~"

일행은 즐거운 목소리로 성준에게 야유를 보냈다. 일행을 싣고 조합 버스는 강릉에서 서울로 향했다. 창밖에는 노을이 지고 있다.

성준은 조 단장에게 전화해서 내일 서울 공항을 통해 해외로 휴가를 간다고 이야기하고 조 단장이 뭐라고 말하기 전에 바로 끊었다.

버스가 서울에 도착하자 여성들은 버스를 영등포로 돌리게 하였다.

그녀들은 영등포 백화점 앞에 버스를 세우고 백화점으로 돌진했다. 호영은 미영에게 잡혀, 성준은 수리 때문에 같이 끌려갔다.

버스에 남은 재식과 정 교관, 그리고 빈센트가 불쌍한 듯, 부러운 듯 그들을 바라보았다.

일행의 선두에 선 혜라가 앞장서서 수영복 판매장으로 돌입했다. 수영복 판매장을 점령한 일행을 본 호영과 성준은 서로를 마주 보더니 조용히 엘리베이터 옆에 있는 의자에 앉았다.

그리고 그들은 수많은 쇼핑백을 들고 겨우 백화점 폐점 시간 전에 식사를 할 수가 있었다.

버스로 여의도 조합 사무실로 돌아오는 길에 성준 옆에 앉은 수리는 계속해서 얼굴이 빨갛게 변한 상태였다. 아무래도 수영복을 입을 생각에 부끄러운 모양이다. 그래도 백화점에서 산 수영복이 든 쇼핑백을 손에서 놓지 않았다.

조합 건물에 도착한 일행은 사무실로 바로 달려간 보람과 보람에게 끌려간 성준, 그리고 성준을 따라간 수리를 제외하고는 모두 오피스텔로 올라갔다. 건물 인수인계가 끝나 오피스텔을 팀원에게 지급한 것이다.

여고생들은 기존에 있던 곳에 있기로 했고, 호영과 미영은 아예 신혼집을 차렸다. 그리고 다른 여성들은 신이 나서 집에 출가 선언을 하고 오피스텔에 입주했다.

재식과 정 교관도 오피스텔로 옮기기로 했다. 이 근방에서는 이 정도 되는 집을 찾기가 힘들었다.

*   *   *

다음 날, 야근을 해서 피곤한 얼굴인 성준과 보람을 제외하고 나머지 사람들은 푹 쉬어 밝은 얼굴로 서울 공항으로 향하는 버스를 탔다.

보람은 아직도 남은 일이 있는지 버스 안에서도 터치패드와 전화기를 붙들고 이야기를 하고 있다.

성준이 피곤해서 잠시 쉴 생각을 할 때였다. 성준의 전화가 울렸다.

"여보세요."

─날세.

김 회장이다. 둘 사이에 가벼운 인사가 오갔다.

─돈이 지급되니 바로 다음 몬스터홀을 처리하는군.

"네, 그게 약속이었으니까요."

─그렇지. 덕분에 배신자 놈들을 물 먹였으니 나도 만족스럽네.

성준이 알지 못하는 일이 진행된 모양이다.

─이번에는 딴소리 없이 모두 지급될 걸세. 그리고 전에 이야기한 해외의 몇몇 친구와 이야기가 되었네. 몇 군데 원하는 몬스터홀과 처리 금액을 메일로 보내겠네. 생각이 있으면 이야기하게나.

"네, 알겠습니다. 확인하고 다시 연락드리도록 하겠습니다."

성준은 핸드폰을 끄고 눈을 감았다. 이쪽은 그런대로 정리

되는 느낌이다.

버스로 한 시간 정도를 달려 일행은 서울 공항에 도착했다. 버스는 이번에도 일행을 내려놓지 않고 안으로 들어갔다.

일행의 눈앞에 최신 여객기인 보잉 777이 보인다. 모두 어안이 벙벙한 가운데 성준이 일어나서 모두에게 말했다.

"이번에 미국이 제공한 비행기입니다. 우선 서울 공항에 착륙했습니다만 이번에 저희가 괌에 다녀오면 김포 공항 비즈니스 격납고가 비행기의 집이 될 것입니다."

일행은 번개 같은 일 처리에 놀라움을 금치 못했고, 보람은 자신이 말한 비행기가 실제로 조합의 것이 되자 얼굴이 활짝 펴졌다.

일행이 모두 내려서 공항의 작은 간이 터미널에 들어서자 그곳에는 얼굴을 잔뜩 찡그린 조 단장이 기다리고 있었다.

조 단장은 성준을 보자마자 으르렁거렸다.

"아니, 그렇게 폭탄을 던지고 던전을 들어가 버리고! 던전을 나왔다고 생각하니 바로 해외 휴가라니 무슨 생각입니까?"

성준은 손짓으로 일행의 수속을 진행하게 했다.

"무슨 생각은요, 열심히 일했으니 쉬러 가는 거죠. 정부에 보고도 착실하게 했잖아요."

조 단장은 성질을 죽이느라 심호흡을 하더니 낮은 목소리로 말했다.

"덕분에 산처럼 쌓인 일을 놔두고 저도 따라가게 생겼잖습니까?"

성준은 오히려 반색하며 조 단장에게 말했다.

"잘되었네요. 같이 가시죠."

조 단장은 한숨을 내쉬었다. 말로는 답이 안 나왔다. 조 단장은 같이 온 요원들에게 지시를 내렸다.

동맹 관계의 나라라도 이런 일은 확실하게 처리해야 했다.

정부 요원들은 일행보다 먼저 비행기로 들어가 기계로 각종 검사를 하기 시작했다.

일행이 한 시간 정도 수다를 떨고 있자 요원들의 연락을 받은 조 단장이 일행에게 비행기 탑승을 허락했다. 그렇게 요란을 떨고서야 몇 명의 정부 요원과 조 단장, 귀환자 조합은 비행기를 타고 괌으로 향할 수 있었다.

잠시 뒤 비상등이 꺼지자 성준은 일행을 불러 모았다.

"이 비행기는 아직 조종사도 미국 쪽 사람이고 우리 정부쪽 분들도 있으니 모두 언행에 조심해 주시기 바랍니다. 이상입니다."

성준은 일행에게 말조심을 시키고 해산했다. 성준의 말이 끝나자 일행은 모두 비행기를 구경하러 다니기에 여념이 없었다. 그전까지는 얻어 타고 다녔지만 이제는 자신들의 비행기인 것이다.

보람이 성준의 옆에서 한숨을 내쉬었다. 성준은 한숨을 내쉬는 보람을 보고 의아해했다.

"좀 전까지 비행기 생겼다고 신 나하더니 웬 한숨이야?"

"일거리가 생겼잖아요. 비행기 인수에 조종사하고 승무원도 뽑아야 하고 할 일이 산더미예요."

"일 나누어 해줄 사람 있잖아. 이번에 가서 잘 꾀어봐."

성준은 자리에 앉아 서류 더미에 둘러싸여 있는 조 단장을 보고 말했다.

보람은 성준의 말에 눈을 반짝이면서 조 단장에게 다가갔다.

비행기는 오랜 시간 지나지 않아 괌의 미국 공군기지에 착륙했다.

일행은 고급 리무진 버스에 옮겨 타고 작은 해변에 도착했다. 해변은 아름다운 모래사장으로 이루어져 있고, 한쪽에 모터보트와 각종 물놀이 장비가 갖추어져 있다.

─이곳입니다. 괌 미군기지 내의 해변입니다. 원래는 병사들과 군무원들이 사용하는 곳이지만 지금은 통제 기간이니

마음껏 사용하셔도 됩니다.

성준은 어제 전화로 재미교포 2세가 하는 말을 들었다.

훤칠한 키에 잘생긴 젊은 남자였는데, 성준의 감각으로는 이 사람도 미국 정부 요원으로 파악되었다. 아마 이곳은 성준 일행이 오는 바람에 통제된 모양이었다.

성준은 얻어먹을 것이 있으면 마음껏 얻어먹기로 했다. 어차피 고레벨 던전이 발생하면 자신들과 가족의 목숨을 보호하기 위해서라도 가서 막아야 한다. 자신들이 이익을 위해 움직이는 모습을 보여야 다른 사람들에게 휘둘리는 것을 막을 수가 있었다.

일행은 해변에 도착하자 모두 뛰어나갔다. 수리는 수영복으로 갈아입지 않으려고 반항했지만 여성들의 단결로 인해 탈의실로 끌려갔다.

잠시 뒤 멋진 몸매의 아름다운 여성들이 수영복 차림으로 나타났다. 하지만 그녀들의 표정이 어두운 것이 무슨 일이 있는 것 같았다.

그녀들 뒤로 수리가 수영복 차림으로 수줍게 등장했다. 성준은 자신도 모르게 휘파람 소리를 냈다.

"멋지군요. 성준 씨, 당신은 인생의 승리자입니다."

옆에서 조 단장이 넋을 놓고 수리를 보다가 한숨을 내쉬었다. 이어 조 단장은 무전기를 들고 사방에 배치된 요원들에게 호통 쳤다.

모두 감시하는 걸 잊어버린 모양이다.

수리가 수줍은 모습으로 성준을 향해 다가왔다. 비키니 차림의 수리는 정말 아름다웠다.

"저 괜찮나요?"

수리의 말에 성준은 양손의 엄지를 치켜세웠다.

수리의 등장에 새로 산 수영복을 자랑하려던 계획이 좌절된 여성들은 모두 물에 뛰어들어 놀기 시작했다. 그렇게 일행의 휴가가 시작되었다.

*   *   *

그 시각, 대통령은 이근호 여당 대표를 만나고 있었다. 이근호 의원은 여당의 가장 큰 계파의 수장으로 소말리아의 일을 틀어막은 바로 그 계파였다.

흰머리는 무성했지만 아직도 꼿꼿한 허리는 그의 고집을 보여주고 있다. 대통령은 여당의 가장 큰 계파의 수장이자 연장자에 대한 대우로 존대를 했다.

"이대로는 방법이 없습니다. 러시아에서는 거의 총 쏠 기세로 날뛰고 있습니다. 러시아뿐만 아니라 미국도 눈치를 주고 있습니다. 이대로 있다가 러시아의 몬스터홀에 시간이 맞지 않으면 러시아가 밀고 내려올지도 모릅니다."

이근호 의원은 대통령의 말에 한숨을 내쉬었다.

"무슨 이런 말도 안 되는 일이 있습니까? 내 긴 정치 생활 중에 이런 경우는 없었어요. 이번 일에 휘말린 것은 나와 많은 시절을 같이한 동지들입니다."

대통령은 다시 한 번 여당 대표를 설득했다. 이대로 망하는 꼴을 볼 수는 없었다.

"우선 성의를 보여야 합니다. 생살을 도려내는 기분인 것은 알겠지만 부탁하겠습니다."

이근호 의원은 계속 빠져나갈 방법을 찾아보았지만 도무지 방법이 없었다. 대체할 수 없는 유일한 존재라는 점은 그야말로 엄청난 무기였다.

이근호 의원은 한참을 고민하다가 결국 고개를 끄덕였다. 그 모습에 대통령은 안도의 한숨을 내쉬었다.

"그 귀환자 놈들은 쓸모가 없어지면 바로 매장될 거요. 내 약속하지요."

이근호 의원이 나가면서 하는 말을 들은 대통령은 혼자 남게 되자 콧방귀를 뀌었다.

"언제는 쓸모없어진 것을 남겨놓은 적이 있는 것처럼 말하는군."

대통령은 이번에 잘려 나가게 된 인원을 대체할 인물을 머릿속으로 찾기 시작했다.

이번 일의 득과 실을 생각하느라 눈앞의 커피가 식는 것도
잊어버렸다.

*　　　*　　　*

성준은 괌 미군 비행기지 활주로에서 여태 자신들을 위해
고생한 미국 요원에게 감사 인사를 했다.

"그동안 고마웠습니다."

요원은 괜찮다며 손을 흔들었다.

"잘 쉬셨다니 다행입니다. 종종 놀러 오셔도 됩니다."

"네, 그러겠습니다."

요원은 성준의 손을 잡고 마지막으로 정중히 부탁했다.

"나중에 혹시 저희 미국에 일이 생기면 도움을 주시기 바
랍니다. 부탁하겠습니다."

성준은 그의 말에 미소를 지으며 말했다.

"네, 최선을 다하겠습니다."

성준과 일행은 조합의 비행기를 타고 한국을 향해 출발했
다. 그 모습을 활주로에서 보던 요원은 전화를 걸었다.

"지금 출발했습니다. 네, 최대한 지원했습니다."

그는 그 말을 끝으로 전화를 끊었다.

미국에 2레벨 이상의 몬스터홀이 두 달 이내에 생길 확률이 90% 이상이라는 연구 결과에 미국 정부는 단단히 작심하고 성준의 일행에게 당근을 뿌리는 중이었다. 적어도 미국에 다시 2레벨 몬스터홀을 제거할 수 있는 팀이 나오지 않는 한 지원은 계속될 것이다.

2박 3일 동안 즐거운 휴가를 보내고 돌아오는 비행기를 탄 일행은 모두 검게 탄 얼굴을 자랑하며 잠들어 있다.

성준과 보람, 조 단장은 비행기에 있는 작은 회의실에 모여 회의를 했다.

3일 동안 보람과 성준이 조 단장을 꼬시는 데 성공한 것이다. 성준과 보람은 조 단장에게 월급과 인센티브를 엄청나게 높은 수준으로 제시하면서 3일 내내 조 단장을 꼬드겼다.

"휴, 돌아가면 사표 써야겠군요."

"국정원에서 바로 놓아줄까요?"

보람의 걱정에 조 단장은 괜찮다는 듯 머리를 흔들었다.

"놓아줄 겁니다. 어차피 저는 밖에 노출된 백색 요원이고 정부에서 여러분과 제일 가까운 관계니까요. 제가 귀환자 조합에 들어가게 됐다고 하면 얼씨구나 하고 보내줄 겁니다."

조 단장은 조금 걱정된다는 표정으로 성준을 바라보았다.

"그런데 괜찮겠습니까? 저는 어쨌거나 국가 요원 출신입니다. 제 조언을 신뢰하기가 힘드실 수 있습니다."

"걱정하지 마세요. 조 단장님은 소신껏 처리하시면 됩니다. 나머지는 제가 책임집니다."

'이제 제 감각을 뛰어넘는 거짓말은 할 수 없습니다.'

성준은 이제 자신의 감각에 확신하게 되었다.

"그럼 돌아가서 정부에 사표를 제출하고 바로 사무실로 출근해 주십시오."

"알겠습니다. 아, 그리고 위에서 연락이 왔습니다. 조합장님이 말한 나머지 인원의 처리도 모두 이루어질 것이랍니다. 내부에서 합의된 모양입니다."

"잘되었네요. 이제 걱정 없이 러시아로 가면 되겠군요."

조 단장은 걱정스럽게 성준을 바라보았다.

"괜찮겠습니까? 힘 있는 사람들입니다."

그의 말에 성준은 씩 웃었다.

"저도 이제는 힘이 있습니다."

일행은 짧지만 즐거운 휴가를 마치고 여의도로 돌아왔다.

이제 러시아 몬스터홀 제한 시간까지 3일이 남았다. 마지막 날은 이동해야 하니 이틀의 시간밖에는 없었다. 성준은 다

음 날부터 보람과 함께 조합 일을 무서운 속도로 처리하기 시
작했다.

우선 구슬 경매를 마치고 전기 생성 1레벨 구슬 하나는 경
매에 참여한 사람에게 주기로 하고 다른 하나는 정부에 보내
주기로 했다. 그리고 남은 하나는 빈센트에게 주었다.

"이걸 받아도 되나요? 경매 금액을 보니 엄청나던데요."

"연구용으로 드리는 겁니다."

성준의 말에 빈센트는 고개를 끄덕였다.

"그리고 빈센트 씨는 이번 러시아에는 가지 않는 것이 좋
을 것 같습니다. 3레벨 던전은 2레벨보다 많이 위험합니다."

"저, 그럼 영기회복석은 어떻게……?"

"빈센트 씨에게는 밖에서 지낼 수 있는 영기회복석을 계속
해서 드리겠습니다. 대신 빈센트 씨가 만들거나 생산해 낸 물
건의 지분 50%를 조합에 넘겨주시는 것이 어떻겠습니까? 앞
으로 다른 이의 물건을 계속 만든다고 해도 영기회복석은 계
속 필요해서 드리는 말입니다."

빈센트는 성준의 말에 고개를 끄덕였다. 어차피 자신은 이
곳에 있기로 했다. 던전에 들어가지 않아도 된다니 더 주어도
될 것 같다고 생각했다.

그렇게 빈센트는 조합과 계약을 하게 되었다.

"어차피 조합 지분도 같이 가지고 있으니 조합의 이익이

늘면 같이 성장하게 될 것입니다."

성준의 말을 마지막으로 빈센트가 회의실에서 나가자 보람이 성준에게 물었다.

"다른 사람들에게 강화된 무기는 제공하지 않을 생각인가요?"

성준은 고개를 흔들었다.

"아직 영기회복석이 너무 부족해. 빈센트가 쓸 양하고 각자 가지고 있어야 할 비상용을 빼면 무기 열 개 이상은 만들수 없어. 문제만 일으킬 거야."

보람은 성준의 말에 고개를 끄덕였다.

"3레벨 던전에서 영기회복석을 많이 찾거나 빈센트에게 어울리는 2레벨 구슬을 구해 빈센트를 3레벨로 만들어야 할 것 같아."

"그렇군요. 그리고 이번에 구한 구슬들은 어떡할까요? 엄청나게 많은 숫자잖아요."

성준은 되레 보람에게 물었다.

"일행이 먹어서 성장치를 올리는 것은 어때?"

보람은 성준의 말에 반대했다.

"1레벨 차이면 어느 정도 성장하는데 2레벨 차이면 성장률이 극도로 떨어져요. 3레벨 귀환자들은 차라리 2레벨 몬스터를 잡는 것이 나을 정도예요. 그리고 저희 팀에 2레벨 귀환자들은 보스 던전에서 모두 성장치 100을 채웠어요."

"이런, 이번에 가면 할 일이 정말 많네. 영기회복석에 2레벨 구슬에……."

"살아남는 것부터 생각해야죠. 조합장님은 요즘 몸을 너무 험하게 굴려요."

보람이 성준을 노려보았다. 성준은 지은 죄가 있어서 보람의 눈을 슬그머니 피했다.

성준도 보람의 말을 인정했다. 이번의 레벨 업으로 자신이 너무 힘에 취한 것 같았다. 시간을 내서 수리와 대련을 해야 할 것 같았다.

"그럼 이번에 얻은 1레벨 구슬 반은 경매하고 한두 개는 빈센트를 줘서 연구하게 해."

"그럼 나머지는요?"

성준은 보람의 말에 두 손을 깍지 끼고 앞을 바라보며 말했다.

"조 단장이 오면 우리 조합도 확장해야지. 우리가 모든 던전을 다닐 수는 없어. 인원을 더 늘려야 해. 그 유인책이야."

성준의 말에 보람은 조금 놀랐지만 곧 수긍했다. 지금보다 더 많은 고레벨 던전이 발생하면 수습할 수 없을 것이다.

"그래도 이 팀이 안 깨졌으면 좋겠어요."

"그건 나도 그래. 최대한 노력해 봐야지."

성준은 보람의 말에 동의했다.

다음 날 성준은 수리에게 대련을 요청했다가 바닥을 굴러 다니기 시작했다.

"아야!"

수리에게 허벅지를 맞은 성준이 비명을 질렀다. 능력을 사용하지 않은 성준은 수리의 상대가 될 수 없었다.

"실력이 오히려 준 것 같아요. 능력에 너무 의존하잖아요! 또 쓴 것 맞죠?"

성준이 능력을 사용해서 피하려 할 때마다 어떻게 알았는지 수리에게 들키고 말았다.

"도대체 어떻게 아는 거야!"

"눈이 특정한 곳을 바라보지 않고 동공이 풀려 버리니 당연히 알죠!"

성준이 감각을 사용할 때마다 전체를 보는 습관 때문에 바로 들키는 모양이다.

"암튼 또 썼으니 대련 후 기본형 100회 추가!"

"으헉!"

잠시 뒤 성준은 대련과 그 후의 검형 훈련으로 나가떨어졌다. 바닥에 대자로 누운 성준에게 수리가 손을 내밀었다.

"올라가요. 점심 차려줄게요."

수리가 요리에 재미가 붙은 후 성준은 외식을 거의 안 하게 되었다. 그동안 성준의 큰 희생으로 수리의 음식은 먹을 만하게 되었다.

헬스클럽을 개조한 훈련장에는 그들과 호영과 미영이 있었는데 수리와 성준이 위로 올라가는 모습을 본 호영이 미영을 바라보았다.

"뭘 그렇게 봐요? 나 요리 못 하는 것 알잖아요. 밥 먹으러 가요. 내가 맛있는 것 쏠게요."

호영은 속으로 한숨을 쉬고 미영과 함께 밑으로 내려갔다.

그날 오후 조 단장은 오랜만에 밝은 표정으로 성준을 만나러 왔다.

조합장실로 들어온 조 단장을 성준은 반갑게 맞아주었다. 성준은 수리, 보람과 함께 있었다. 보람은 업무에 관해 이야기하고 있었고, 수리는 성준의 가디언으로서 자리를 지키고 있었다.

"잘된 모양입니다."

조 단장은 고개를 끄덕였다.

"예상대로 위에서 어서 가라고 보따리까지 싸주더군요. 대신 이것저것 요청이 있었습니다. 뭐 국익 우선 이야기지요."

성준은 고개를 끄덕였다. 자신이 감각으로 파악한 조 단장은 상당히 유연한 인물이었다. 충분히 잘 대처할 수 있을 걸로 생각되었다.

성준은 조 단장에게 정중히 고개를 숙였다.

"환영합니다. 그리고 그동안 죄송했습니다. 높은 연배이신데 함부로 대했습니다."

조 단장도 성준을 향해 고개를 숙였다.

"잘 부탁합니다, 조합장님."

그들은 자리에 앉았다. 성준은 조 단장에게 그동안 말하지 못한 조합의 이야기를 꺼내놓았다. 성준의 능력과 영기회복석, 그리고 빈센트의 능력, 마지막으로 성준과 일행의 레벨을 들은 조 단장은 입을 떡하니 벌렸다.

"정부의 예상보다 거의 두 배 이상 강한데요? 거기다가 영기회복석과 빈센트의 능력은 예상조차 못 했습니다."

조 단장은 양손을 쓱 비볐다.

"이거 해볼 만한데요? 이곳에 오기 전에 좀 걱정했거든요. 반대파들이 모여들고 있다는 이야기가 있어서 신경이 많이 쓰였습니다. 하지만 이 정도면 충분히 눌러줄 수 있겠군요."

그리고 잠깐 밝던 조 단장의 얼굴은 보람의 업무에 대한 이야기가 진행될수록 점점 어두워져 갔다.

보람의 이야기가 끝나자 조 단장은 성준을 바라보았다.

"취직 취소하면 안 됩니까? 여기도 일이 산처럼 쌓여 있잖습니까?"

성준은 조 단장의 말에 대답했다.

"대신 월급과 인센티브가 월등하게 높습니다. 집에서 가족들이 무척이나 기뻐할 것입니다. 정부 쪽 인수인계가 끝나면 바로 출근하세요."

"젠장!"

성준의 말에 조 단장은 절망하고 말았다.

*   *   *

이곳은 시내의 한 비밀 요정이다. 그곳의 가장 큰 방에 열 명의 사람이 모여 있다. 이들은 모두 소리 높여 귀환자 조합을 비난하고 있었다.

"어린놈들이 건방만 늘어서 내 돈을 뺏어가려고 했습니다! 그걸 거부하니까 김 회장을 시켜서 우릴 곤란하게 한 것 아닙니까!"

손을 들고 이렇게 외친 사람과 그 주변 사람들은 저번에 조합과의 합의로 몬스터홀을 제거한 후에도 돈을 안 주고 버틴 사람들이었다.

그들은 그 뒤 김 회장에게 속아 제거할 몬스터홀 위치를 잘못 알아서 엉뚱한 곳에 투자해 많은 피해를 본 상황이다.

그러자 반대편에 앉아 있는 사람들도 목청을 높였다.

"이 대한민국이 망하려고 해요! 어린놈들에게 휘둘려서 수십 년간 나라를 지켜온 정치인들을 수렁에 밀어 넣다니 이런 놈들을 가만두면 안 돼요!"

그들은 성준에 의해 소말리아 건으로 여당과 정부에서 쫓겨난 사람들과 그 계열 사람들이었다.

그렇게 모두 한목소리로 귀환자 조합과 성준을 성토하고 있을 때 방문이 열렸다. 그리고 단단한 고목 같은 얼굴을 한 사람이 들어왔다. 은성그룹 회장이었다.

그는 일행이 앉은 술상의 중앙에 앉아 모두에게 인사했다.

"모두 반갑습니다. 이 자리에 모인 사람들은 모두 한 가지 목표를 가지고 있습니다."

그는 자리에 앉자마자 바로 술을 따라 건배를 했다.

"여러분이 저에게 힘을 모아주시기 바랍니다. 제가 모두의 염원을 이루어 드리겠습니다. 바로 귀환자 조합의 종말을 보여드리겠습니다."

그는 씩 웃으며 말을 이었다.

"그리고 그곳에서 나온 황금알을 나누어 갖도록 하지요."

*   *   *

성준과 조 단장, 보람은 그 자리에서 바로 회의에 돌입했다. 여러 가지 문제에 대한 조 단장의 조언은 가뭄에 단비 같은 이야기였다.

성준은 조합장의 권한으로 바로 조 단장을 조합 기획실장으로 임명하고 사람들에게 소개했다. 내일 바로 러시아로 출발하는데 일을 늦출 수는 없었다.

"일이 생기면 인수인계 전이라도 직권으로 바로 조합을 움직여 주세요. 저희가 없을 경우엔 조 실장님이 최고위직입니다."

성준의 말에 조 단장은 고개를 끄덕였다. 그리고 두 사람은 굳게 악수를 하고 헤어졌다.

보람은 시원섭섭한 표정이다. 그런 보람의 얼굴을 보고 성준이 피식 웃었다.

"조 단장이 와도 일거리가 줄지는 않을걸."

"네? 설마요."

보람이 놀라 성준을 바라보았다.

"내가 이야기했잖아. 조합을 더 확장할 거라고. 아마 일손이 더 달릴 거야."

성준의 말에 보람은 이곳에 없는 조 실장이 불쌍해 보였다.

"조 실장님은 속아서 취업했군요."

"난 거짓말 안 했어. 아직 계획일 뿐이야."

보람도 성준의 말에 피식 웃었다.

다음 날 아침, 일행은 모두 출발 준비를 마치고 주차장에 모였다. 성준은 모두를 둘러보았다.

모두 이제 프로 용병 같은 모습이다. 그중에 태반이 젊고 아름다운 여성이라는 점이 뭔가 오류 같았지만 성준은 일행 모두가 든든했다.

성준과 일행은 빈센트와 일찍 사무실에 나온 조 단장의 배웅을 받으면서 출발했다.

버스는 일행을 태우고 서울 공항으로 향했다. 날씨는 이제 완연한 여름으로 들어서고 있었다. 버스가 지나가는 시내는 그래도 활기에 찬 모습이다. 전 세계가 몬스터홀로 어려움에 처해 있지만 아직은 피부에 닿지 않은 모양이다.

버스는 한 시간 만에 서울 공항에 도착했다. 출입문을 지키는 군인들은 이제는 당연하게 일행을 안으로 들였다. 군인들은 일행이 익숙한 모양인지 검문하는 동안 여성들을 훔쳐보기까지 했다.

버스는 활주로 근처에 일행을 내려주었다. 그들 앞에 며칠 전에 본 최신 여객기가 빛나는 여름 태양 아래 서 있다.

일행이 바로 수속을 마치고 비행기에 올라타자 괌에 갔을 때와 같은 승무원들이 일행을 맞이했다.

성준은 자리에 앉아 통로 옆에 앉은 보람에게 물었다.

"승무원 구인은 어떨 것 같아?"

"금방 될 것 같아요. 그쪽도 엄청나게 불황인 모양이에요. 오히려 면접자가 너무 많아 걱정이에요."

성준은 보람의 말에 안심하고 의자에 등을 기댔다. 비즈니스 전용으로 개조된 비행기 좌석은 엄청나게 편안했다. 그리고 잠시 후 비행기는 한국을 떠나 러시아로 향했다.

일곱 시간의 비행 끝에 여객기는 튜멘시에 도착할 수 있었다. 여객기가 러시아 영공에 들어서자마자 러시아 전투기 두 대의 호위를 받으면서 날았는데 일행은 경험해 보았기에 괜찮았지만 승무원들은 매우 놀라는 눈치였다.

성준이 능력으로 확인하자 승무원 중 한 명을 제외하고 나머지는 일반 승무원으로 보였다. 하지만 이왕이면 한국 승무원이 좋을 것 같아 이들은 승무원을 구하는 대로 바로 돌려보낼 생각이다.

튜멘공항에 착륙한 일행을 맞이한 것은 전에 본 러시아 정부 요원과 마리아였다.

여성들은 마리아를 보자마자 달려들었다. 그녀들은 서로 인사하고 포옹하고 난리가 났다. 말이 통하니 전 세계 여성들은 모두 같은 종족이었다.

성준과 남성들은 미소를 띠고 여성들의 인사가 끝나기를

기다렸다.

그런 성준의 앞에 러시아 요원이 다가왔다.

"어서 오십시오. 호텔로 안내해 드리겠습니다."

성준은 그의 말에 고개를 끄덕였다. 잠시 뒤 일행은 모두 전에 묵은 호텔에 다시 묵게 되었다.

일행이 모두 짐을 풀고 객실로 들어간 후 성준과 수리는 요원의 안내로 전에 본 접객실로 갔다. 그곳에는 마리아와 전에 만난 지역 사령관이라는 장군이 있었다.

성준이 들어서자 장군은 일어나 성준에게 악수를 청해왔다.

"반갑습니다. 러시아에 못 오시게 되는 줄 알고 저희는 깜짝 놀랐습니다."

"저희 정부에 귀국의 정부가 힘써주었다는 이야기를 들었습니다. 감사드립니다."

성준은 그에 관련된 이야기를 조 실장에게 들었다.

"당연한 지원이지요. 약속을 지키지 않은 쪽이 잘못입니다. 원하시면 저희는 최대한 지원할 준비가 되어 있습니다."

장군의 말에 성준은 고개를 흔들었다. 분에 맞는 수준의 지원이면 되었다. 너무 큰 먹이는 독이 들어 있을 수 있었다. 나머지는 자신의 힘으로 취하면 되었다.

장군은 저번 만남에 이어 다시 한 번 성준을 강한 목소리로 설득했다.

"이번 경우처럼 반대하는 세력들이 귀하들을 힘들게 할 수 있습니다. 다시 한 번 잠시 러시아에 지내시는 것을 고려해 보았으면 합니다. 저희 러시아 군대가 최선을 다해 지켜드리 겠습니다."

성준은 장군의 말에 두 손을 모았다.

"우리는 한국인입니다. 이곳에 있을 이유가 없죠. 그리고 우리는 누.구.에게서도 충분히 자신을 보호할 수 있습니다."

둘은 서로의 눈을 바라보았다. 잠시 뒤 장군은 눈을 피했 다.

"알겠습니다. 조합장님의 말을 충분히 이해했습니다. 그럼 빨리 몬스터홀 제거를 부탁하겠습니다. 러시아 정부는 최대 한의 보답할 준비를 하고 있습니다."

그 말을 끝으로 성준은 접객실을 나갔다. 성준이 나가자 장 군은 의자에 등을 기대고 시가를 하나 꺼내 입에 물었다.

"보통 젊은이가 아니군. 내 말의 뉘앙스 전체를 알아차렸 어."

그는 허탈한 표정을 풀고 마리아에게 질문했다.

"정말 저들이 밖에서도 능력을 사용할 수 있는 건가? 아무 래도 쉽게 믿어지지가 않는군."

마리아는 장군의 말에 자세를 바로 하고 대답했다.

"영기회복석이라고 부르더군요. 적어도 일행 중 일부는 충분히 빠져나갈 수 있을 것으로 보였습니다."

"저번에는 대위의 신호로 작전을 중지했는데 이 상태로는 앞으로도 불가능하겠어. 별수 없지. 대위가 계속 일행을 따라다니면서 정보를 얻어오도록 하게. 우리 러시아의 미래가 자네에게 달려 있어, 마리아 스미르노프 대위."

마리아는 장군의 말에 경례를 붙였다. 그녀는 몬스터홀 처리를 위해 투입된 러시아 정보부 장교였다.

실제로 저번에 죽은 안드레이와 연인이자 정보부 동료로 일반 귀환자 팀에 소속되어서 몬스터홀을 처리하고 있었다.

한국 귀환자 팀의 방문을 기회로 그들의 정보를 얻는 것과 동시에 실력을 파악해서 몬스터홀을 빠져나올 때 군에 보고하는 것이 임무였다.

만약 외부에서 한국 귀환자들을 억류할 가능성이 있으면 마리아의 신호로 지상군이 투입될 예정이었다. 하지만 던전 안에서 일행의 실력과 영기회복석을 확인한 마리아는 몬스터홀을 나오면서 작전을 중지시켰다.

일행이 나오면서 본 군대의 이동은 마리아의 신호로 철수하는 부대의 모습이었다.

장군에게 경례를 마친 마리아는 자신을 볼 때 빛나던 성준의 눈을 생각하면서 쉽지 않겠다는 느낌이 들었다.

수리는 밖으로 나오면서 안에서 한 성준과 장군의 말이 이해가 안 돼 결국 성준에게 물었다.

"러시아 장군과 주인님이 한 말이 무슨 내용이에요? 제가 아직 지구 문명에 익숙하지 않아서인지 잘 모르겠네요."

성준은 수리의 말에 씩 웃었다.

"그거 간단해. 그 장군은 나한테 러시아에 남아 달라, 아니면 무력으로도 남게 할 수 있다고 한 거고 난 그 어떤 무력도 이겨낼 힘이 있다고 한 거야."

성준의 능력이 생각난 수리는 고개를 끄덕였다. 잠시 뒤 다른 문제가 생각난 수리가 성준에게 물었다.

"그런데 러시아는 우리가 밖에서 능력을 사용하는 것을 모르잖아요."

"마리아가 다 말해줬을 거야. 방금 분위기가 이상해서 전체적으로 확인하니 마리아도 저쪽 관련자더군."

세상 그 어디에도 아군은 존재하지 않았다. 모두 자신의 이익을 위해 움직이고 있었다.

성준은 자신의 울타리에 든 사람들을 위해 더욱 조심해야겠다고 생각했다.

다음 날 성준과 일행이 준비를 마치고 식당에서 식사하고 있을 때다. 성준의 핸드폰이 큰 소리를 내며 울렸다. 성준은 전화를 들고 자리에서 일어나 전화를 받았다. 조 단장, 아니, 조우혁 실장 전화였다.

"여보세요."

—조합장님, 나쁜 소식입니다.

"네?"

—오늘 아침 인터넷 일간지 하나에 조합원 모두의 신상과 조합원을 이간질하는 기사 하나가 떴습니다.

성준은 바로 보람을 불러 터치패드로 기사를 확인했다.

특종. 비밀에 싸여 있는 몬스터홀 제거에 성공한 귀환자 팀에 대해 모두 밝힌다!

그 밑에는 팀원의 사진과 신상 정보가 적혀 있고, 미리와 친구들이 여고생이란 점과 정 교관이 의병제대한 이야기, 호영과 재식이 건달이란 이야기 등 각종 안 좋은 이야기가 적혀 있었다.

마지막에는 정부가 관리를 못 해 여학생들이 나쁜 곳에서 혹사당한다는 이야기와 몇몇 사람이 다른 귀환자들의 죽음을 이용해서 승승장구한다는 이야기, 결론적으로 책임 있는 사람들로 귀환자 관리협회를 만들어 그들로 관리하게 해야 한다는 내용이었다.

성준은 그 내용을 보고 인상을 썼다.

―아무래도 조직적으로 움직인 것 같습니다. 저번에 말씀드린 반대파 쪽 인물들인 것 같습니다. 정보가 조직적으로 빠져나갔습니다. 그리고 일간지도 지금 서버를 해외에 두고 글을 올렸습니다. 직원도 다 휴가를 가고 건물이 잠긴 상태인 것으로 보아 언론사 폐쇄도 각오한 모양입니다.

"한 방 먹었군요."

―예, 저희 예상보다 빨랐습니다. 지금 각종 사이트에 엄청난 속도로 퍼지고 있습니다. 막기는 힘들어 보입니다.

"어차피 언젠가 공개하려고 한 이야기입니다. 저희가 대응할 수 없게 러시아로 떠나고 발표한 모양입니다만 그들도 한발 늦었군요. 우리에게는 다행히 조 실장님이 있었죠."

―그럼 며칠 전 회의 내용대로 움직일까요?

"네, 전권을 드리겠습니다. 조합의 모든 자금과 인맥을 활용해서 대응을 부탁합니다. 반격은 저희가 돌아가서 하도록 하죠."

―알겠습니다. 무사히 다녀오시기 바랍니다. 이쪽은 제가 책임지도록 하겠습니다. 정보 경력 20년의 능력을 보여드리죠.

성준은 보람에게 자금 사용 권한을 조우혁 실장에게 부여

하도록 하게 하고 다시 한 번 터치패드를 노려보았다.

"왜 그렇게 노려보세요?"

수리가 성준이 화면을 노려보는 것을 보고 물었다. 성준은
수리에게 터치패드를 보여주었다.

"이 사진을 나라고 생각하는 사람이 있을까?"

성준이 가리킨 사진은 전 회사의 사원증에 있는 것이었다.
선하고 둥글둥글한 얼굴이 앞을 향해 멍하니 바라보고 있다.

"거짓말. 누구예요?"

수리가 사진을 보고 성준에게 물었다. 보람이 수리의 말에
웃으며 말했다.

"조합장님 옛날 모습이에요. 그때도 귀여웠어요."

수리는 화면과 성준을 비교하며 고개를 갸우뚱했다. 성준
에게 얻은 정보에서 성준의 모습을 확인하지 못한 수리는 사
진과 성준의 엄청난 차이에 어리둥절해했다.

성준은 궁금해하며 이쪽을 보는 사람들에게 상황을 설명
했다.

"오늘 아침 우리 조합원의 정보가 인터넷에 유출됐습니
다."

성준은 모두에게 터치패드를 보여주었다. 모두 깜짝 놀라
핸드폰을 꺼내 확인하느라 난리법석이다.

"꺅! 내 사진, 3년 전 거야! 망했다!"

헤라가 사진을 보고 비명을 질렀다.

"엄마, 아빠가 걱정하시겠다."

미리도 기사를 보고 가족을 걱정하는 표정이다. 재식과 호영은 과거가 거론되는 것에 얼굴이 어두워졌다.

성준은 모두를 돌아보며 다시 이야기했다. 일행은 모두 고개를 들어 성준의 말에 집중했다.

"지금 이번에 조합에 입사하신 조우혁 실장님이 이 일을 처리하고 있습니다. 여태까지 우리를 지켜주고 지원하던 분이니 확실하게 처리하실 겁니다. 이 일로 문제가 없도록 조실장님과 제가 최대한 처리하도록 하겠습니다."

성준은 일행 한 명 한 명의 눈을 보고 말을 이었다.

"그리고 이번 몬스터홀을 다녀와서 이 사건을 일으킨 이들에게 확실하게 알려줄 겁니다. 그들이 누굴 건드렸는지를."

성준과 일행은 호텔에서 버스를 타고 몬스터홀로 향했다. 성준은 차 안의 도청 장치를 확인하고 일행에게 다시 한 번 보안을 부탁했다. 성준이 재식에게 마리아에 대해 보안을 부탁하자 재식은 투덜거리면서도 알겠다고 했다.

수리가 성준에게 마리아에 대해 물었다.

"차라리 마리아를 던전에 안 데리고 가면 안 될까요?"

성준은 그 말에 고개를 흔들었다.

"지금은 러시아와 같이 가는 입장이야. 서로 척을 지지 않으려면 그냥 같이 가는 것이 좋아. 저번에도 같이 들어갔는데 이번에 같이 안 들어가면 이유를 설명하는 게 쉽지 않아. 그리고 우리의 힘을 보여주어야 할 필요가 있어. 그래야 그들이 오판하지 않아."

성준이 한마디 더 했다.

"게다가 마리아의 능력이 보람과 상성이 잘 맞아. 쓸 수 있는 것은 최대한 활용해 주어야지."

그들이 탄 버스가 몬스터홀 앞에 도착했다. 튜멘시의 중심의 공원 가운데에 발생한 몬스터홀은 이 주 전에 본 상태 그대로였다.

마리아와 합류한 일행은 각종 전자제품을 사람들에게 맡기고 몬스터홀의 바닥으로 내려갔다.

*   *   *

눈앞의 빛이 사라지자 성준과 일행은 주위를 둘러보았다. 시작 지점의 생김새가 저번하고 조금 다른 것 같았다. 어차피 밖으로 나가봐야 하니 성준은 일행에게 이곳에 베이스캠프를 만들게 하고 수리와 함께 정찰을 하기 위해 움직였다.

성준과 수리는 다시금 빛나는 돌이 박혀 있는 동굴 속을 한참을 걸었다. 그런데 동굴의 길이가 예상외로 길었다. 성준은 조금 걱정이 되었다.

그렇게 위쪽으로 난 경사로를 거의 40분 정도 걷자 눈앞이 환해지면서 밖이 보였다. 성준은 동굴의 끝에 서서 밖을 내다보았다.

이곳은 높은 산의 중턱이었다. 전 던전에 들어왔을 때 멀리 보이던 산이 이곳인 것 같았다. 성준은 멀리 바라보았다. 이 산에서부터 시작된 물줄기가 강으로 변해 중앙을 가로지르는 것 같았다. 아마 이 강이 저번에 본 몬스터들이 있는 호수까지 이어져 있을 것이다.

"이번에는 산행이군. 내리막길이라 감사해야 하나?"

성준의 말에 수리가 내려가는 길을 확인했다.

"아무래도 계곡을 따라가야 할 것 같은데요?"

수리의 말에 성준도 동의했다. 성준과 수리가 서 있는 암벽 아래로 좀 전에 본 물줄기가 계곡을 이루고 있었다. 다행히 계곡 위쪽으로 동물이 지나다닌 것 같은 작은 길이 있어 계곡을 따라 움직일 수 있을 것 같았다.

성준과 수리는 좀 더 주위를 확인하고 일행에게 돌아왔다. 성준은 일행에게 밖의 상황을 이야기하고 산행 준비를 시켰다.

그동안 조합은 장비를 갖추는 데 많은 고민을 했다. 조합은 많은 자금을 활용해서 최대한 다양한 환경에 활용할 수 있는 장비를 구매했다. 그래서 항상 몬스터홀에 진입할 때는 다들 엄청난 짐을 짊어지고 들어올 수밖에 없었다.

그리고 모든 장비는 시작 지점인 베이스캠프에 쌓아두고 밖의 환경을 확인한 후 최대한 필요한 장비를 챙겨서 움직이곤 했다.

모두 장비 점검이 끝나자 성준은 일행과 함께 밖으로 향하는 동굴 속을 지나가기 시작했다. 이번에는 많은 인원에 짐까지 있어서 거의 두 배나 시간이 걸려 일행은 밖을 볼 수가 있었다.

이제는 다들 멋진 자연 환경을 보고도 심드렁한 표정이다. 몇몇은 바닥이 평탄하지 않은 것을 보고 투덜거렸다.

성준은 주위에 감각을 활성화해 보곤 조금 걱정이 되었다. 아무래도 감각이 좀 서늘한 느낌이 선행 정찰을 해야 할 것 같았다.

성준은 수리와 함께 일행보다 먼저 움직이기로 했다. 일행이 계곡 옆을 따라 움직이는 동안 주위 숲을 둘러봐야 할 것 같았다.

성준은 일행에게 이야기하고 정 교관에게 일행을 부탁했다.

정 교관이 고개를 끄덕이며 수락하자 성준은 수리를 놔두고 옆의 나무 위로 솟구쳐 올라갔다. 그리고는 다음 나무로 뛰어 건너갔다.

다희가 성준을 바라보고 서 있는 수리에게 이상해서 물어보았다.

"조합장님 혼자 가는데요? 같이 가기로 한 것 아니에요? 안 쫓아가도 돼요?"

다희의 말에 수리가 빙긋 웃더니 다희를 향해 손을 흔들었다. 그리고 수리는 검은 연기가 되어 사라졌다.

멀리 높은 나무 위에 서 있는 성준의 옆에 수리가 나타났다. 그러자 성준이 수리의 옆구리를 한 손으로 감고 다시 앞의 나무를 향해 날아갔다.

다희가 멍하니 그 모습을 보고 한마디 했다.

"멋지다."

그 말에 혜라가 다희에게 물었다.

"누가 멋져?"

혜라의 질문에 다희가 고개를 갸우뚱했다.

"조합장님이 더 멋지려나? 아닌가? 수리 언니가 더 멋진가?"

어이없는 고민을 하는 다희를 보고 혜라는 다희에게 신경을 끊고 정 교관을 따라 계곡 옆길을 따라 내려가기 시작했다. 입이 앞으로 튀어나온 하은도, 쓴웃음을 짓는 보람도 모두 함께 움직이기 시작했다.

성준은 수리를 한쪽 팔로 안고 다음 나무를 향해 점프했다. 앞에 거치적거리는 것이 없다면 한 사람 정도는 충분히 같이 움직일 수 있었다.

성준은 옆구리에 느껴지는 감촉에 신경을 쓰면서 몇 개의 나무를 건너갔다. 물론 수리를 그냥 두고 마지막에 소환해도 되었지만 성준은 이편이 좋았다.

그렇게 몇 개의 나무 위를 지나가는데 성준의 감각에 무엇인가 걸렸다. 성준은 다음 나무에 내려서서 사방을 둘러보았다.

수리도 성준의 움직임에 사방을 주시하기 시작했다.

"위장까지는 아닌데 상당히 잘 숨어 있는걸."

성준은 감각으로 나무 곳곳에 숨어 있는 인영을 확인할 수 있었다. 그가 자세히 살펴보니 아무래도 숨어 있는 인영은 가디언 같았다. 사람과 거의 같은 형상이었는데, 온몸에 나무와 같은 색과 무늬로 칠해 있고 나뭇잎으로 위장하고 있었다.

성준은 정보를 확인해 보았다.

─산림 적응형 가디언.

─2등급.

—풍림족, 전사형.

—강점: 보호색, 나무 사이의 *빠른 움직임.*

—약점: 적극적인 공격성이 부족함.

—마스터: 레라지에.

—경계.

수리도 성준이 가리킨 방향을 확인했다. 그리고 손으로 입을 가리고 신음을 냈다.

"맙소사, 풍림족이 이곳에 있다니……."

성준이 수리를 돌아보았다. 아는 종족인 모양이다. 잠시 뒤 놀람이 진정된 수리가 성준에게 설명해 주었다.

"저희 종족과 친척 관계의 종족이에요. 이곳으로 말하면 백인과 황인의 차이일까요?

수리는 계속 말을 이어갔다.

"먼 옛날 저희 종족은 평야에, 그들은 산속에 살고 있었죠. 그런데 시간이 지나 우리 대륙에 다른 대륙의 사람들과 문물이 들어와 교역하고 문명이 크게 발전했어요. 하지만 그들은 이런 발전과 교역에 반대하더니 어느 날 우리 대륙에서 사라졌죠."

수리는 눈으로 계속 그들을 주시하며 말을 이었다.

"다른 대륙으로 이주했다고도 하고 마법으로 다른 세상으

로 갔다고도 했지만 대부분이 그들은 멸망했다고 생각했는
데……."

"……."

"오랜 옛날이야기예요. 저도 책으로밖에는 보지 못했어
요."

마지막 말을 하고 수리는 아련한 표정이 되었다. 성준은 수
리의 말에 더욱 난감했다. 가디언이기는 한데 공격성도 없고
수리가 아는 종족이니 어떻게 해야 할지 감이 잡히지 않았다.

이럴 때는 물어보는 것이 정답이었다.

"아무래도 공격적으로는 보이지 않는데 어떻게 하지?"

수리는 성준의 말에 고민하는 표정이 되었다. 아마 책의 내
용을 떠올리는 것 같았다. 잠시 뒤 수리가 성준에게 말했다.

"자신의 영역에 들어오는 외부의 적은 가차 없이 상대한다
고 해요. 단지 그전에는 경고 위주로 진입을 막는다고 적혀
있는 것 같았어요."

"혹시 대화는 할 수 있을까?"

수리는 고개를 흔들었다.

"일반 가디언은 불가능할 거예요. 강렬한 의지가 있는 고
유 능력자 정도나 가능할 것 같은데."

성준은 수리의 말에 어쩔 수 없다고 생각되어 돌아가기로
했다. 최대한 이들과 안 마주치는 경로로 우회해야 할 것 같

왔다.

성준은 다시 한 번 수리의 허리를 감고 일행을 향해 몸을 던졌다.

성준과 수리는 짧은 시간 안에 일행을 따라잡을 수 있었다. 일행의 앞에 도착한 성준은 일행에게 자신이 본 내용을 설명했다.

성준의 이야기를 들은 일행은 모두 조심스럽게 계곡을 따라 내려가기 시작했다.

계곡은 양쪽이 암벽으로 이루어져 있고 그 아래로 물이 흐르고 있었다. 일행은 암벽 위쪽의 한적한 작은 길로 흐르는 계곡을 따라 아래로 내려갔다.

그렇게 굽이친 계곡을 한참 내려가고 있는데 멀리 앞쪽에서 큰 소리가 들려오기 시작했다. 그곳은 눈앞의 나무들로 앞이 보이지가 않았다. 성준은 일행을 멈추게 하고 앞을 향해 달려나갔다.

성준이 눈앞의 나무 위로 올라 몇 그루의 나무를 건너뛰니 앞의 계곡에서 격렬한 전투가 벌어지는 것이 보였다.

한쪽은 계곡에 사는 몬스터인 것 같았다. 몬스터는 거대한 도마뱀처럼 보였는데 만약 날개만 양쪽에 달렸다면 다희가 드래곤을 봤다고 난리 칠 것 같았다.

몬스터 주위의 계곡은 몬스터의 난리로 인해 독 안개로 보이는 안개와 먼지가 가득했다.

성준은 몬스터의 정보를 확인해 보았다.

—산림 지형 파충류 적응형 각성 버전.
—2등급.
—산림 지형 적응을 확인하기 위해 제조.
—특이 능력 각성: 독 숨결, 피부 강화.
—강점: 강력한 독.
—단점: 넓은 지역에서는 독 능력의 의미가 많이 상실됨.
—분노.

성준은 바로 수리를 소환했다. 성준의 옆에 검은 연기가 만들어지더니 바로 수리의 모습으로 변했다.

수리는 소환되자마자 앞의 몬스터를 보고 탄식했다.

"맙소사, 라세르토까지······."

바로 정신을 차린 수리는 성준에게 앞에 보이는 몬스터에 대해 설명했다. 수리가 살던 행성에 있던 생물로 옛날에 사라져서 책으로만 보았다고 한다.

"아마 사라진 시기가 풍림족하고 비슷할 거예요. 어떻게 이곳에 다 있는지 모르겠네요."

수리의 말을 들으면서 몬스터를 바라보고 있던 성준은 독 안개를 뚫고 사람 하나가 솟구쳐 올라오는 것을 보았다.

젊은 여성으로 보였는데 그녀도 온몸에 나무 문신을 하고 전에 본 풍림족들과는 다르게 가슴과 허리를 녹색으로 물들인 가죽옷을 입고 있었다.

위쪽으로 솟구친 여성은 한 손에 활을 소환하더니 몬스터를 향해 빈 활줄을 당겼다가 놓았다.

여성의 활에서 몬스터를 향해 갑자기 화살 형태의 기운이 빛을 내며 쏘아져 나갔다. 몬스터는 활에서 쏘아진 기운에 맞아 뒤로 머리가 젖혀지며 뒤의 암벽에 부딪쳤다.

쾅!

몬스터의 주위로 다시 먼지가 솟아올랐다.

성준은 바로 여성에 정보를 확인해 보았다.

─산림 적응형 가디언.

─3등급.

─풍림족, 숲지기.

─특이 능력: 영기 궁술 2레벨, 육체 정화 2레벨, 동화 1레벨.

─약점: 강한 의지로 제어가 어려움.

─마스터: 레라지에.

─의지.

성준은 눈앞에서 수리가 말한 바로 그 가디언을 찾았다.

성준과 수리가 보고 있는 동안에 몬스터와 가디언의 전투는 끝을 향해 달려가고 있었다.

여자 가디언의 피부가 독 연기로 인해 녹색으로 물들었다가 정화 능력을 사용했는지 다시 멀쩡해지고, 몬스터는 가디언의 화살에 일방적으로 공격을 당했다.

몬스터는 화살에 맞는 순간 그 부분의 피부가 돌처럼 딱딱해지며 방어하는 모습을 보였지만 충격은 어쩔 수 없는지 이리저리 튕겨 나갔다.

마지막으로 몬스터가 계곡의 암벽을 강하게 들이받자 암벽이 무너져 내리고 몬스터가 깔려 버렸다.

몬스터는 아직 살아 있는지 벽이 움찔거리고 있었지만 가디언은 신경 쓰지 않고 계곡 바닥으로 내려가 녹색으로 물들어 있는 작은 가디언 하나를 안고 성준의 반대편으로 껑충껑충 뛰어갔다.

성준은 아직도 독 연기로 자욱한 계곡으로 내려갈 수가 없어서 그녀가 사라지는 모습을 바라볼 수밖에 없었다. 수리는 그녀가 어린 가디언을 구하면서부터 표정이 슬퍼졌다. 그리고 그녀가 사라지자 성준에게 자신이 알고 있는 내용을 이야기했다.

"아마 그녀는 일족의 숲지기일 거예요. 풍림족은 한 지역에 한 명의 숲지기를 두고 일족을 보호한다고 해요. 그녀는 어린 일족의 소녀를 구하기 위해 몬스터와 싸운 모양이에요."

"그런데 왜 그렇게 표정이 슬퍼?"

"그녀는 계속해서 이 상황을 무한 반복하고 있을 거예요. 그녀가 고유 능력이 있는 의지가 강한 가디언이라면 반복되는 상황을 기억하고 있을 거예요. 숲지기의 의무로 무한히 반복되는 상황을 계속해야 하는 그녀의 모습에 슬펐어요."

성준도 수리의 말에 고개를 끄덕였다.

"그런데 어떻게 해야 그녀랑 이야기해 볼 수 있지? 귀환자가 접근하면 공격부터 할 것 같은데."

"저와 따로 자리를 마련하면 그럭저럭 이야기할 수 있을 것 같아요. 전 어쨌든 가디언이니까요."

수리의 말에 성준은 다음 문제를 꺼냈다.

"그럼 그녀를 따로 불러내야겠군."

"그 방법은 조금 전의 방식을 쓰면 될 것 같아요. 숲지기는 기본적으로 일족의 위험을 알 수 있다고 해요. 그래서 방금도 구하러 온 것이고요."

"외부에서 움직이는 일반 가디언을 납치하는 건가?"

수리는 손으로 코를 긁었다. 난처해하는 표정이다.

"좀 그런가요?"

"아니, 좋은 방법이야."

성준은 수리의 방법이 좋게 느껴졌다. 성준은 수리와 대화를 하다가 번뜩 떠오른 생각에 수리에게 물었다.

"저 가디언도 수리랑 비슷한 상태인데 죽으면 가디언 구슬이 되는 건가?"

성준의 말에 수리는 고민스러운 표정이 되더니 성준에게 말했다.

"자신의 의지가 원하는 방향에 따라 달라요. 저는 저를 찾는 이와 함께 괴물들을 없애는 것에 제 모든 의지를 걸었기에 구슬에 제 존재를 실을 수가 있었습니다. 그녀의 의지 방향이 어느 쪽이냐에 따라 구슬에 자신의 존재를 실을 수 있을 거예요."

수리는 말을 이었다.

"그녀가 삶을 이어갈 이유가 있으면 구슬에 자신에 존재를 심을 것이고 아니면 고유 능력 구슬이 남겠지요. 쥔차이처럼요."

수리가 거기까지 말했을 때 성준의 앞 계곡의 무너진 돌무더기에서 엘리트 몬스터가 돌을 뚫고 튀어나왔다.

쿠아아악!

몬스터는 화가 났는지 괴성을 질러댔다.

성준은 그 모습을 보고 수리에게 말했다.

"우리 구슬 좀 벌고 움직이자."

성준은 바로 수리와 함께 일행에게 돌아왔다. 그리고 앞에서 본 내용을 이야기해 주었다.

"지금 두 가지 길이 있습니다. 하나는 그 가디언을 무시하고 몬스터홀 중심으로 직행하는 것입니다. 그 방법은 위험을 최소화할 수 있습니다."

성준은 모두를 돌아보며 말을 이었다.

"또 하나는 방금 말한 방법으로 가디언과 수리를 만나게 해 정보를 얻는 것입니다. 이 방법은 이 몬스터홀의 비밀을 좀 더 알 수 있게 될지도 모릅니다. 저는 두 번째 방법을 추천합니다."

일행은 두 번째 방법으로 결정했다. 단지 살아남기 위해서라도 몬스터홀에 대한 많은 정보는 필요했다.

일행은 결정이 나자 바로 엘리트 몬스터가 있는 계곡으로 움직였다. 구슬을 얻을 때였다.

일행은 계곡을 따라 엘리트 몬스터가 있는 무너진 암벽이 있는 계곡으로 갔다. 그곳은 항아리처럼 생긴 곳으로 한쪽에 거대한 동굴이 하나 있었다. 그곳이 몬스터의 둥지인 모양이었다. 동굴 옆으로 조금 전의 전투로 무너진 암벽이 보였다.

몬스터는 아직 성질이 다 가라앉지 않았는지 동굴 앞에 서서 사방으로 독 영기를 뿜어내고 있었다. 마치 멀리서 보면 용이 뿜어내는 녹색의 화염처럼 보일 것 같았다.

성준과 일행은 계곡의 위쪽에 있는 바위 뒤에서 머리만 내밀고 회의를 했다. 성준이 알아본 엘리트 몬스터의 능력에 대비한 몇 가지 방안이 나왔고, 일행은 바로 전투 준비를 했다.

우선 마리아가 계곡을 향해 두 손을 내밀었다. 마리아의 손에서 나온 검은 영기가 안개로 변하더니 계곡을 향해 뿜어져 나갔다. 엘리트 몬스터는 갑자기 생긴 안개가 성가신 모양이었지만 다른 행동을 하지는 않았다.

마리아가 자욱하게 안개를 만들어내자 안개는 엘리트 몬스터가 계곡에 뿌려놓은 독과 만나 녹색으로 변했다.

안개가 독과 섞이는 것을 본 보람은 안개를 향해 손을 내밀었다.

사방에 자욱하던 안개는 보람의 손에 밑으로 가라앉았다. 그리고 궁수들이 나서서 갑자기 가라앉는 안개에 어리둥절해 있는 몬스터를 향해 화살을 쐈다.

쐐에엑!

엘리트 몬스터는 갑자기 나타난 화살에 기겁했다. 몬스터는 얼굴과 배의 피부를 강화했다.

쾅! 픽! 픽!

각종 효과를 지닌 화살들은 몬스터의 배와 얼굴에 강타했다. 몬스터에게는 다행스럽게도 강화된 피부에 화살이 명중해서 충격으로 얼얼하기는 했지만 큰 피해는 없었다.

몬스터는 크게 분노해서 화살이 날아온 방향으로 입을 크게 열었다. 입에서 녹색의 영기가 일행 쪽으로 뿜어져 나왔다.

그 모습을 본 호영이 크게 미소를 지었다. 그동안의 설움을 날려 버릴 때가 온 것이다. 재식의 잘난 체에 짜증이 났던 호영은 자신의 능력을 최대한으로 양손에 담아 앞으로 내질렀다.

호영의 양손에서 거대한 화염이 분출되었다. 꼭 양손에 화염방사기를 들고 쏘는 것 같았다.

독 영기는 화염과 중앙에서 만나 모두 타고 말았다. 방해를 받은 엘리트 몬스터는 독 영기를 끊고 일행을 향해 움직이려고 했다.

서걱!

순간 뭔가 베이는 소리와 함께 엘리트 몬스터는 발목의 엄청난 고통에 몸의 중심을 잡을 수가 없었다. 몬스터가 뒤를 돌아보니 한 여성이 자신의 발목 힘줄을 베고 다른 쪽을 향해 움직이고 있었다.

몬스터는 크게 분노해서 그녀를 향해 독 영기를 내뿜었다. 독 영기는 수리를 향해 뿜어졌다.

하지만 독 영기가 수리에게 닿을 때쯤 그녀는 검은 연기가 되어 그 자리에서 사라졌다. 그리고 몬스터는 머리 한가운데가 침에 찔린 것 같이 따끔하며 몸으로 독이 침범하는 것이 느껴졌다.

몬스터는 독을 머리로 밀어 올려 머리 위쪽에서 내려오는 독을 방어하기 위해 노력했다.

성준은 일행이 화살을 날렸을 때 몬스터와의 사각지대로 이동했다. 그리고 몬스터의 아래에 수리를 소환하고 바로 공중으로 몸을 날렸다.

잠시 뒤에 수리가 공격당하는 것을 보고 다시 몬스터의 머리 위에서 수리를 소환해 가죽 갑옷을 입은 수리의 옆구리를 껴안고 몬스터의 머리에 절단강화를 건 검을 찔러 넣었다.

검의 능력을 독으로 바꿔서 몬스터의 머리에 밀어 넣은 것이다. 하지만 오판이었는지 몬스터가 자신의 독으로 성준의 검의 독을 방어하기 시작했다.

'제길, 동일 레벨의 능력이었나?'

몬스터는 피부에 강화를 걸고 독 능력으로 머리의 독을 방어하며 성준을 떨어내기 위해 머리를 흔들었다.

다른 일행은 성준과 수리를 피해 몸통을 공격하고 있었지만, 피부가 강화돼서 큰 효과를 보지 못했다.

다만 마리아와 보람의 합작으로 계속해서 몬스터가 공기

중에 뿌린 독 영기를 제거하고 있었다.

성준이 검을 밀어 넣고 흔들리는 머리 위에서 어찌할 줄을 몰라 하고 있을 때 수리가 성준에게서 슬쩍 떨어져 몬스터의 귀 쪽으로 미끄러졌다. 수리는 몬스터가 각종 공격에 정신이 팔린 틈을 타서 몬스터의 커다란 귀를 잡고 귀 안쪽에 검을 깊게 밀어 넣었다.

수리가 밀어 넣은 검에 무엇인가 걸리자 그녀는 바로 검을 휘저어 걸린 것을 베어버렸다. 몬스터의 귀에서 피가 흘러나왔다.

엘리트 몬스터는 갑자기 평형감각이 망가진 것이 느껴졌다. 다리 한쪽 힘줄이 베인 상태에서 귀의 평형기관이 망가지자 몬스터는 옆으로 넘어졌다.

쾅!

성준은 몬스터가 옆으로 넘어지자 바로 공중으로 뛰어올랐다가 주먹에 능력을 싣고 허공을 박차 몬스터의 머리에 내리꽂았다.

쾅!

몬스터의 머리가 성준의 주먹에 의해 땅에 내리박혔다. 몬스터는 성준의 공격을 피부에서는 막았지만 머릿속에 전해지는 충격에 정신이 하나도 없었다.

성준은 몬스터의 머리 위에 올라타서 계속 주먹으로 내려쳤다.

쾅! 쾅! 쾅!

그러기를 열 번이 넘자 몬스터가 축 늘어졌다. 기절한 것이다. 몬스터가 기절한 것을 확인한 성준은 머리 정중앙에 박혀 있는 검을 잡고 다시 한 번 독기를 내뿜었다. 잠시 뒤 몬스터는 연기가 되어 사라졌다.

몬스터가 연기가 되어 사라지자 몬스터가 넘어질 때 미리 뛰어내린 수리가 성준의 옆으로 다가왔다.

"혹시 검날 강화로 몬스터의 목을 잘라도 되지 않았을까요?"

성준은 수리의 말에 머리를 긁적였다.

"이놈이 성질을 나게 해서 말이야. 한 번 고집을 부려봤어."

수리가 성준의 말에 미소를 지었다. 남자는 고집을 부리기 시작하면 어린아이가 된다는 말이 맞는 것 같았다.

성준은 암벽 위에서 손을 흔들고 있는 일행에게 마주 손을 흔들어주고 바닥에 떨어진 구슬을 주웠다.

─영기보석 피부 강화 레벨 2.

─레벨 2 영기 성장치 100 검투사를 3레벨 검투사로 만듦.

─레벨 3 이하 검투사의 영기 성장치를 증가시킴.

―피부를 강화해 강력한 공격에 대항함.

―각종 피부 독에 저항도 높아짐.

―적용 방법: 먹기.

성준은 정보를 확인하고 수리에게 말했다.

"전사용인데? 피부 강화야."

수리는 성준의 말에 고개를 좌우로 흔들었다.

"모두 모여서 이야기해 봐야지요. 원하는 사람이 있을지도 몰라요."

성준은 수리의 말에 고개를 끄덕이곤 수리를 옆에 끼고 암벽을 올라갔다. 수리가 성준에게 안겨 속삭였다.

"올라가서 소환해도 되잖아요?"

"내 마음이야."

성준은 수리와 함께 일행의 앞에 내려섰다. 모두가 모인 자리에서 그 구슬은 수리의 차지가 되었다. 수리는 구슬을 먹고 3레벨이 되었다.

성준은 수리의 정보를 확인했다.

―가디언 정보.

―영기 레벨 3.

―영기 성장치 0.

―영기 100.

―영기 검사 레벨 2, 정보 교환 레벨 2, 피부 강화 레벨 1.

―영기화된 수리 전용 장검, 영기화된 림족 전사 전용 창.

―영기 능력치 160.

―마스터: 최성준.

이제 수리도 3레벨이 되었다.

수리는 검을 소환해 공중에 띄웠다. 검이 수리의 주변을 빙글빙글 돌았다.

다회가 그 모습을 보고 눈을 빛내며 말했다.

"이기어검이다!"

성준은 다회의 말에 피식 웃으며 수리를 바라보았다. 수리가 검과 노니는 모습은 복장은 가죽 갑옷이었지만 무협지에 나오는 검후의 모습처럼 보였다.

제5장
결집 II

일행은 이제 숲지기 가디언을 끌어내기 위해 어린 가디언 하나를 납치하기로 했다. 그 일은 역시 성준이 나서서 움직였다.

성준과 일행은 엘리트 몬스터가 있던 동굴에서 식사를 했다. 그리고 가디언을 찾기 위해 성준은 일행의 배웅을 받으면서 암벽을 수직으로 오르기 시작했다.

성준은 우선 목표가 될 가디언을 찾은 후에 수리를 부르기로 했다. 성준은 나무 위로 뛰어올라 얼마 전에 본 가디언들의 경계로 움직였다.

성준은 감각으로 느껴지는 가디언의 경계를 확인하고 경계를 따라 움직이기 시작했다. 이 가디언들도 무의식적으로 생활을 반복하고 있다면 반복해서 밖으로 나오는 가디언도 있을 것이다.

성준이 이렇게 한 시간 정도를 찾아다니자 성준의 눈앞에 한 어린 가디언이 가디언들의 경계를 벗어나는 것이 눈에 띄었다. 그 아이는 얼마 전에 숲지기 가디언이 구해준 그 가디언이었다.

숲지기 가디언이 매번 구해주어도 반복해서 숲 밖으로 나오는 모양이었다.

성준은 마침 잘되었다고 생각하고 어린 가디언을 따라 나무 위에서 움직이기 시작했다. 멀리서 따라가면서 본 어린 가디언은 온몸에 나무 문신과 녹색의 짧은 원피스를 입고 있었다. 그 아이는 세상만사가 행복한 듯 주위를 둘러보며 콧노래를 부르면서 앞으로 나아가고 있었다.

성준은 그 모습에 묘한 죄책감과 슬픔을 느꼈다. 하지만 성준은 곧 정신을 차렸다. 주위를 둘러본 성준은 충분히 경계에서 떨어져 나온 것을 확인하고 수리를 소환했다.

성준에 의해 소환된 수리는 곧 어린 가디언의 모습을 보고 슬픈 표정을 지었다. 수리도 그 가디언이 숲지기 가디언이 구해간 가디언이라는 것을 알아차린 모양이다.

성준은 수리의 허리를 감고 최대한 조용히 어린 가디언의 뒤로 내려앉았다. 이어 수리는 조용히 손날로 아이의 목 뒤를 내리쳐서 기절시켰다. 성준은 기절한 가디언을 업고 수리와 함께 엘리트 몬스터의 동굴로 달려갔다.

*　　　*　　　*

숲지기는 마을 광장의 분수대에 걸터앉아 있다가 감고 있던 눈을 떴다. 이 마을은 그녀가 아주 오래전 아직 살아 있을 때 지내던 곳과 같게 만들어져 있었다.

주변에는 나무의 형태를 변형해서 만들어진 집들이 보였고, 그 안에서 자신의 종족이 반복되는 삶을 무의식적으로 이어가고 있었다.

아니, 이건 삶도 생명도 아니었다.

그녀는 조용히 한숨을 내쉬고 몸을 일으켰다. 자신의 감각에 어린 가디언의 위험이 느껴졌다. 그녀가 그 아이를 지금까지 구해온 횟수가 수천 번인지 수만 번이지, 아니면 그 이상인지 이젠 알 수도 없었다. 하지만 그녀는 숲지기의 의무와 가디언의 명령에서 벗어날 수 없었다.

그녀는 움직이려다가 고개를 갸웃거렸다. 느껴지는 감각이 이상했다. 아이는 위험했지만 안전했다. 그녀는 마음속으로 기대가 솟아나기 시작했다. 벌써 몇 번의 기대가 실망으로 바뀌었지만 그녀는 아직 포기하지 않았다.

그녀는 바로 쫓아가고 싶었지만 지엄한 규약과 명령은 낮은 위험도로 인해 바로 그녀에게 자신의 예비 숲지기들을 부르게 했다.

잠시 뒤 숲지기는 눈앞에 나타난 이제 막 어른이 되어가는 소녀들을 바라보았다. 그녀들은 나무 문신을 하고 밖에 있던 전사들과 같은 풀잎 위장을 하고 있었다.

그녀들은 자신과는 다르게 의지를 갖추지 못하고 자신의 능력만 강제로 부여된 아이들이었다.

지금까지 반복된 생활을 하다 자신이 부르니 전투 규약이 발생해서 이곳으로 온 것이다.

숲지기는 그녀들에게 슬픈 눈으로 냉정하게 말했다.

"숲의 아이가 조금 위험한 것 같다. 큰 위험은 없어 보이지만 확인하고 데려오도록 해라."

세 명의 소녀는 숲지기의 말이 끝나자 바로 숲을 향해 달려갔다. 숲지기는 간절한 눈으로 소녀들이 사라진 숲을 보았다. 그리고 자신을 부르는 감각이 활성화되기를 기도했다.

*　　　*　　　*

한참을 수리와 달린 성준은 계곡으로 이어진 암벽을 보게
되었다. 성준은 암벽을 향해 달리는 중 감각에 동료의 기척이
느껴졌다. 성준은 고개를 들어 암벽의 앞쪽에 있는 나무들을
올려다보았다.

"역시 귀신. 절대 벗어날 수 없네요."

미리가 나무 사이에서 얼굴을 내밀고 혀를 찼다.

"저희가 경계를 서고 있어요. 얼른 다녀오세요."

소영이 다른 나무에서 성준을 향해 손을 흔들었다. 성준은
그녀들에게 고개를 끄덕여 주고 한쪽을 바라보았다. 안 보이
는 다른 한 명이 더 경계를 서고 있는 것 같았다.

수리는 이곳에 남아 그녀들과 함께 경계를 서고 성준은 아
이를 업고 암벽을 뛰어내렸다.

성준이 암벽을 뛰어내리는 모습을 보고 미리가 혀를 내둘
렀다.

"이젠 거의 사람이 아니야."

수리가 미리의 말에 피식 웃다가 정색을 했다. 성준보다는
안 좋지만 이곳에서는 제일 날카로운 수리의 감각에 무엇인
가가 걸려들었다. 수리는 여고생들에게 손짓하고 바로 나무
뒤에 숨어 몸을 낮추었다.

미리는 수리의 손짓에 바로 나뭇잎 사이에 숨어 전방을 바
라보았다. 미리가 있는 나무 몇 그루와 숲 사이에 긴 풀숲이

40m 정도 있다.

지금 그곳의 작은 나무 몇 그루가 이쪽으로 다가오는 것이 보였다. 미리는 눈에 힘을 주어 움직이는 물체를 확인했다.

나무로 위장한 인간이었다. 나무 사이였으면 발견하지 못할 뻔했다. 미리는 소영과 가람에게 손짓으로 표적을 나누고 바로 활을 당기기 시작했다.

강하게 당긴 활이 어느 순간 퉁겨졌다. 그리고 거의 동시에 발사된 세 개의 화살이 목표를 향해 날아갔다.

퍽! 퍽! 퍽!

화살은 모두 땅에 꽂히고 말았다. 상대가 화살이 날아오는 것을 어떻게 알았는지 화살이 날아가는 순간 풀숲으로 뛰어들었다.

미리는 등에서 식은땀이 났다. 그녀들은 바로 자리를 이동하기 시작했다. 정 교관과 수리에게 받은 훈련이 이때 효과를 나타내기 시작했다.

그녀들이 자리를 피하자 빛나는 화살들이 그녀들이 있던 자리를 뚫고 지나갔다. 영기로 만들어진 화살 같았다. 그녀들은 식은땀을 흘렸다. 조금 전의 화살로 시야가 훤하게 뚫려 위치가 노출된 그녀들은 다음번 화살은 피할 수 없을 것 같았다.

그때 수리가 숨기고 있던 몸을 일으켜 앞으로 나섰다. 그녀는 검을 든 이후부터 들지 않던 창을 들고 적을 향해 걸어갔다.

미리와 다른 여고생들을 노리던 예비 숲지기들은 소환한 활을 수리에게 향했다. 본능에 따라 수리가 가장 강한 것을 알아차린 것이다.

세 개의 화살이 동시에 수리에게 날아왔다.

퉁! 챙! 샥!

세 개의 화살 중 하나는 수리가 휘두른 창에, 다른 하나는 피부 방어를 생성한 다른 쪽 팔에, 마지막 하나는 수리의 뒤에서 돌아 나온 검에 의해 잘려 나갔다.

자신들의 활이 통하지 않자 그녀들은 서로 고개를 끄덕이고는 뒤로 물러서며 다시 수리를 향해 활을 겨누었다. 그리고 화살을 발사했다.

하지만 화살은 두 개밖에는 날아가지 못했다.

쏜 화살이 하나 부족한 것을 확인한 그녀들은 화살이 날아가지 않은 동료의 모습을 확인했다.

그녀는 목에서 피를 뿜으며 앞으로 쓰러지고 있었다. 그리고 그녀의 뒤에서 나른한 표정의 여성이 뒤로 물러서고 있는 그녀들을 바라보고 있다.

휙! 휙!

그녀들은 화살의 충돌음이 들리지 않자 다시 화살을 바라보았다. 화살은 아무것도 없는 허공을 지나가고 있었다. 화살이 지나간 공간에 검은 연기가 흩날렸다.

놀란 그녀들은 바로 몸을 돌려 최대한 빠르게 달아나려고 했다. 하지만 그녀들 앞에는 수리와 성준이 서 있었다. 그녀들은 수리와 성준에 의해 베어져 검은 연기가 되었다.

성준은 계곡으로 내려갔다가 바로 올라왔다. 그는 일행이 공격당하는 것을 보고는 깜짝 놀라 적 중에 숲지기가 없는 것을 확인하고 바로 공격에 가담한 것이다.

성준은 연기가 되어 사라진 자리에서 구슬을 들고 고개를 갸웃거렸다.

"어떻게 부른 사람은 안 오고 2레벨 능력자 가디언만 왔지? 덕분에 살았지만 알 수가 없네."

"글쎄요. 어쨌거나 이 가디언들이 죽었으니 그녀가 오겠죠."

성준은 수리의 말에 고개를 끄덕였다. 성준은 구슬을 확인했다.

—영기보석 영기 궁술 레벨 2.
—레벨 2 영기 성장치 100 검투사를 3레벨 검투사로 만듦.
—레벨 3 이하 검투사의 영기 성장치를 증가시킴.
—영기로 이루어진 화살을 만들어 날릴 수 있음.

—화력은 좋으나 영기 소모가 많은 편이다.

—적용 방법: 먹기.

"그래도 다행이야. 미리와 아이들이 레벨 업을 못 해서 걱정했는데 쓸 만한 게 나왔어."

미영과 수리에게 두 개의 구슬을 더 받은 성준은 구슬을 주머니에 넣고 주위를 둘러보았다. 이곳은 궁수와 전투를 하기에는 좋은 지형이 아니었다.

"모두 동굴로 철수합시다. 계곡에서 그녀를 기다립니다."

성준과 일행은 모두 계곡 아래로 내려갔다. 일행은 다들 동굴과 각자 위치에 숨고 성준은 기절한 어린 가디언을 계곡 옆의 공터에 있는 바위에 기대어 앉히고 그 옆에 기대고 섰다. 수리는 성준의 옆에 서서 숲지기 가디언이 나타나기를 기다렸다.

잠시 기절한 가디언이 이상 없는지 확인한 성준은 암벽 위를 바라보았다. 그 위에 한 여성이 성준을 바라보고 있다. 그녀는 바로 암벽을 산양처럼 밟으면서 아래로 내려왔다.

그녀가 계곡 옆 공터에 내려서자 수리가 앞으로 나섰다. 그리고 자신의 고향 언어로 이야기했다.

"저는 림족 수호전사 에보나 수리입니다. 당신과 같은 가디언으로서 대화를 나누고 싶습니다."

일행은 우선 가디언인 수리가 나서서 말을 붙여보기로 했다.

가디언은 수리의 말에 놀란 표정이 되었지만, 손으로는 활을 만들어 성준을 향하고 있다. 수리가 이를 악물고 말했다.

"안 되겠어요. 완전히 제압해야 해요. 기본 명령이 들어 있나 봐요."

수리의 말에 성준은 식은땀을 흘리면서 몸을 옆으로 날렸다. 성준의 귀 옆으로 빛나는 화살이 지나갔다.

가디언은 빛나는 화살을 계속 생성하더니 성준을 향하여 연사하기 시작했다.

슈슈슈숙!

화살은 꼬리를 물고 성준을 향해 날아왔다. 성준은 허공에서 손과 발을 놀려 미친 듯이 화살을 피하기 시작했다.

수리가 가디언을 향해 뛰어들고 일행이 모두 숨은 자리에서 모습을 드러냈다. 하지만 가디언은 계속해서 성준을 향해 화살을 날리면서 어린 가디언이 있는 방향으로 달려갔다.

수리는 자신의 방향으로 달려오는 가디언의 모습에 눈살을 찌푸렸다. 명령을 수행하기 위해 자유 의지를 엄청나게 제한한 것 같았다. 아까 본 2레벨 가디언들보다 움직임이 자유롭지 못했다.

수리와 가디언이 서로 교차했다. 가디언은 날렵한 몸으로 수리의 검을 피해 지나갔으나 수리의 검이 수리의 손을 떠나 날아가 가디언의 한쪽 팔을 잘라 버렸다. 가디언의 한쪽 팔이 옆으로 날아가 버렸다.

"히익! 제압 아니었어?"

헤라가 날려가는 팔에 기겁해서 다희에게 물었다. 다희가 자신도 모르겠다고 어깨를 으쓱했다.

가디언의 잘린 한쪽 어깨에서 피가 흘렀다. 가디언은 움찔하며 피하려다가 다시 아이에게 달려갔다. 가디언의 팔에서 흘러나온 피는 허공에 뿌려지다가 검은 연기로 변했다.

수리가 가디언의 뒤를 쫓았다. 그리고 가디언이 아이를 잡으려고 하자 수리의 손에서 떠난 검이 가디언의 다리를 잘라 버리고 바위에 박혔다.

다른 사람들은 수리의 과격한 행동에 모두 공격도 못하고 눈만 끔뻑거렸다.

수리는 바닥을 구르는 가디언의 배에 검을 찔러 넣고 하은을 불렀다.

"하은아! 빨리 치료해! 죽으면 안 돼!"

하은은 수리의 말에 뛰어와서 가디언을 치료하기 시작했다. 성준은 화살 공격이 끊어지자 바닥으로 내려와 수리의 옆에 섰다.

이 가운데 수리의 슬픈 마음을 아는 사람은 감각으로 그것을 파악한 성준밖에는 없었다.

잠시 뒤 하은의 치료로 가디언의 잘린 팔다리는 어느 정도 회복되었다. 하지만 완전히 회복되기 전에 수리가 하은을 제지해서 팔과 다리는 잘린 상태로 봉합되었다.

잠시 뒤 가디언은 정신을 차리고 맑은 눈으로 수리를 바라보며 말했다.

"얼마 만인가요. 고향 사람을 만나는 것이."

그녀는 수리를 보며 반가움에 미소를 지었다. 수리도 슬픈 표정으로 그녀에게 미소를 지었다.

그녀는 조용히 주위를 둘러보았다. 그녀의 표정은 더 이상 고통을 느끼지 못하는지 평안했다.

성준은 다가오는 사람들에게 우선 주변 정리를 시키고 다음 출발을 위해 장비를 정비하게 했다. 이어 정 교관에게 눈짓으로 마리아와 같이 움직이게 했다. 정 교관이 성준의 눈짓을 눈치채고 재식과 함께 마리아에게 붙어서 같이 움직이기 시작했다.

결국 숲지기의 옆에는 성준과 하은, 수리가 남게 되었다. 숲지기는 수리의 얼굴을 보다 수리의 옆에 서 있는 성준을 바라보았다.

"당신이 그녀의 주인인가요?"

그녀는 수리와 같은 언어로 성준에게 물었다. 수리의 얼굴이 빨갛게 변했다. 무엇인가 그 세계의 말로는 다른 뜻이 포함되어 있는 모양이다.

성준은 그녀의 말에 고개를 끄덕였다. 성준의 긍정에 그녀는 얼굴에 환한 미소를 지으며 수리를 바라보고 말했다.

"이제 검을 빼내도 될 거예요. 지금 상태는 거의 폐기 상태라 저의 자유로운 행동을 제한하던 모든 명령이 무효화된 것 같아요."

그녀의 말에 수리는 배에서 검을 빼내고 그녀를 바위에 기대어주었다. 숲지기는 하은이 자신의 배를 치료하려고 하자 손을 들어 말렸다. 그녀의 상처에서는 조금씩 피가 흘러내렸다.

숲지기는 옆에 기절해 있는 어린 가디언을 보고 멀쩡한 한쪽 손으로 얼굴을 쓰다듬어 주었다.

"그렇게 많이 구해주고도 처음 얼굴을 만져보네요."

잠시 후 그녀는 쓰다듬던 손을 내리고 성준을 보고 말했다.

"제가 풍림족 마지막 숲지기입니다. 오랜 세월 동안 당신을 기다려 왔습니다."

모두 궁금해하는 표정을 보고 그녀는 자신의 이야기를 하기 시작했다.

"궁금해하시니 우선 제 이야기를 해야겠군요. 저희 부족은 산맥의 깊은 숲에서, 그리고 림족은 초원과 평원의 숲에서 삶을 이어가는 종족이었습니다."

숲지기의 말에 림족인 수리가 고개를 끄덕였다.

"그러던 어느 날 다른 대륙에서 이방인들이 찾아왔고, 림족은 그들과 같이하게 되었죠. 그리고 저희 조상은 이방인들과의 교류를 위해 주술사의 예언을 들었습니다. 생명을 걸고 대예언 주술을 마친 주술사는 우리가 그들과 교류하면 검은 주술진이 100년 후에 세계를 덮어버릴 것이라고 예언했어요."

수리도 책에서 보지 못한 처음 듣는 이야기에 집중하고 귀를 기울였다.

"하지만 그는 만약 우리가 깊은 곳으로 숨어버리면 검은 주술진이 생기는 시기를 배 이상 늘릴 수 있다고 예언했습니다. 그리고 우리는 미지의 대륙 깊고 깊은 산맥으로 들어갔습니다."

그녀는 수리를 보고 미소 지었다.

"덕분에 그들은 300년 후에 우리의 땅으로 왔지요."

다시 그녀는 생각을 더듬었다.

"뒤에 주술사에게 듣기로는 그 괴물들은 별을 공격하기 전 사람들이 많이 사는 곳에 구멍을 뚫어 그 별의 정보를 습득하는 모양이었어요. 그리고 일정 이상의 고유 능력을 지닌 인간들을 발견하면 그 별을 공격한다는 이야기였습니다. 저희 숲지기와 주술사들의 고유 능력은 그들에게 맛있는 먹이였죠."

그녀의 목소리는 차분하게 이어졌다.

"그리고 어느 날 전 세계에 동시다발적으로 수많은 구멍이 뚫리기 시작했어요. 세상 곳곳에 정보원을 보내고 있던 우리는 때가 된 것을 알았지요."

그녀의 종족은 그 뒤에 다른 종족으로 위장하고 몬스터홀에 뛰어들어 레벨을 올렸다고 한다. 주술사들이 말한 최후의 반격을 위해서였다. 풍림족은 당대에 두 명의 주술사가 있었는데 한 명은 예언의 주술사이고 다른 한 명은 본질을 보는 주술사였다고 한다.

그녀는 이야기를 하면서 성준을 바라보았다.

"저희는 본질을 보는 주술사의 레벨을 최대한 올렸어요. 예언의 주술사가 마지막으로 찾은 방법이었으니까요. 하지만 우리는 4레벨에서 더는 올리지 못했어요. 아마 우리 별의 잠재력은 그게 한계였을지도 몰라요."

그녀의 말에 수리도 고개를 끄덕였다. 결국 5레벨 귀환자를 만들어내지 못해 그녀의 별은 멸망한 것이다.

"결국 하늘에 문양이 가득 차자 우리 주술사들은 자신들의 능력을 괴물에게 알리지 않기 위해 불 속으로 몸을 던졌어요. 그전에 예언의 주술사는 자신의 마지막 예언을 우리에게 남졌어요."

숲지기는 회상하듯 멍한 눈으로 말했다.

"의지를 잃지 마라. 수호전사의 주인이 찾아올지니 그에게 말을 전해라."

그리고 그녀는 성준을 바라보았다.

"단계를 올려 모든 구멍을 확인하라. 구멍의 주술진이 검 게 물들면 적의 심장을 찾을 수 있을 것이다. 이것이 그가 당 신에게 남긴 말이에요."

그녀는 다시 회상하는 얼굴로 돌아갔다.

"우리는 우리의 마을을 습격한 괴물들과 싸우다 죽었어요. 그리고 고유 능력이 있는 숲지기들은 가디언이 되어서도 의 지를 세우고 기다리고 있었어요. 아주 오랜 시간을……."

숲지기의 슬픈 얼굴을 본 성준은 그녀에게 조심스럽게 물 었다.

"혹시 몇 단계를 올려야 한다는 이야기는 없었나요?"

그녀는 고개를 흔들었다.

"4단계에서도 확인하지 못했어요. 다만 얼마 남지 않았다 는 이야기만 들었어요."

성준은 생각에 잠겼다. 본질을 보는 주술사는 자신과 비슷 한 능력을 갖춘 사람인 것 같았다. 아마도 몬스터홀의 바닥 문양도 자신이 일정 레벨 이상이 되면 영기가 보이는 것 같왔다.

'심장이면 중심축인가? 아님 모든 몬스터홀의 중심점? 예언가들은 항상 애매하게 말을 해.'

아무래도 몬스터홀의 바닥 문양이 검은 영기로 보이는 순간까지 모든 몬스터홀을 찾아다녀야 하는 운명인 모양이었다.

말을 마친 그녀는 편안한 얼굴이다. 수리가 슬픈 얼굴로 그녀를 보며 말했다.

"당신은 이제 쉬려고 하는 것인가요?"

숲지기는 수리의 얼굴을 미안한 표정으로 바라보았다.

"당신의 의지는 존경받아야 해요. 하지만 저는 지쳤답니다. 좀 쉬어도 되겠지요?"

하은은 옆에서 그녀의 이야기를 듣고 눈물을 흘렸다. 그 오랜 세월을 이겨내고 이제야 쉬는 그녀와 다시 싸움을 해나가야 하는 수리를 보며 눈물이 절로 나왔다.

수리가 일어나 자신의 검을 소환해서 눈앞에 세웠다.

"네, 당신은 충분히 싸웠습니다. 나 에보나 수리가 수호전사의 명예를 걸고 보증하겠습니다."

그녀는 그 모습을 보고 미소를 지었다.

"이야기만으로 전해들은 수호전사의 보증을 받다니 난 복이 많군요."

숲지기 배의 상처에서 나온 피는 바닥에 흐르다가 연기가 되어 사라졌다.

그녀는 멍한 눈으로 말했다.

"이제 앞이 잘 안 보이네요. 제가 사라지면 일족의 전사들이 여러분을 쫓을 거예요. 일족과 저는 감각을 공유하거든요."

그리고 마지막으로 성준을 향해 말했다.

"예언의 주술사님이 당신에게 당신의 가디언들을 소중하게 여기라고 하셨어요."

그녀는 배의 상처부터 점점 검은 연기가 되어갔다. 잠시 뒤 그녀는 하나의 구슬만 남기고 사라졌다. 성준과 여성들은 조용히 그녀를 위해 기도했다.

성준은 잠시 뒤 그녀가 사라진 땅에서 구슬을 집어 들었다.

성준이 구슬을 들고 바라보자 뒤에서 갑자기 하은이 목소리를 높였다.

"가디언들?"

수리도 얼굴을 찡그렸다. 여성들의 분위기가 험악해지는 것을 느낀 성준은 후다닥 일행이 있는 곳으로 달려갔다.

성준은 일행에게 가서 가디언이 상처가 심해 사라졌다고 이야기했다. 그리고 그 가디언이 몇 가지 이야기는 했지만 특별한 내용은 없었다고 말했다. 이어 성준은 전에 약속해 놓은 몇 가지 동작으로 비밀이 있다는 것을 일행에게 알려주었다.

일행은 마리아 때문이라는 것을 눈치채고 모두 아무 말 하지 않았다. 마리아는 조금 애매한 분위기에 의문을 가졌지만 조용히 입을 다물었다.

성준은 한쪽으로 걸어가 주변에 있는 바위 위에 앉아 3레벨 구슬을 꺼내고 다른 하나의 3레벨 구슬을 영기로 만들었다. 하나는 방금 얻은 구슬이고 다른 하나는 저번 던전의 보스에게서 얻은 구슬이다.

─영기보석 영기 궁술 레벨 3.
─레벨 3 영기 성장치 100 검투사를 4레벨 검투사로 만듦.
─레벨 4 이하 검투사의 영기 성장치를 증가시킴.
─영기로 이루어진 화살을 만들어 날릴 수 있음.
─화력이 좋음.
─적용 방법: 먹기.

가디언이 떨어뜨리는 구슬은 귀환자가 떨어뜨리는 구슬과는 다르게 몬스터들과 같은 레벨인 것 같았다. 성준은 보스가 떨어뜨린 구슬도 확인해 보았다.

─영기보석 순간이동 레벨 3.

—레벨 3 영기 성장치 100 검투사를 4레벨 검투사로 만듦.

—레벨 4 이하 검투사의 영기 성장치를 증가시킴.

—시야에 보이는 지역으로 이동 가능.

—영기 소모량이 많고 레벨에 따라 거리가 달라짐.

—적용 방법: 먹기.

성준은 입맛을 다셨다. 누가 먹든지 대박이었다. 그는 좀 더 참을 걸 하며 아쉬워했다.

성준은 두 구슬을 집어넣었다. 아직 먹을 수 있는 사람이 없었다. 이 구슬들은 잠시 보관해 놓아야 할 것 같았다.

성준은 쉬고 있는 일행에게로 가서 의견을 물었다.

"여기 2레벨 구슬이 세 개가 있습니다. 다 영기 궁술이에요. 누구를 드릴까요?"

성준의 말에 여고생들이 손을 번쩍 들었다. 그 모습을 보고 다른 이들이 미소를 지었다. 모두 당연히 그녀들이 가져야 한다고 생각한 것이다.

미리와 친구들은 신 나서 성준에게 구슬을 받아 각각 입에 넣었다. 그리고 잠깐 동안 고통을 참았다.

그 모습을 보고 있던 성준이 수리에게 말했다.

"아무래도 몬스터보다 가디언들이 약한 것 같아. 같은 2레벨도 엘리트 몬스터가 능력을 갖춘 가디언들보다 강한 것 같고."

수리가 성준의 말에 대답했다.

"아무래도 기본적으로 인간이 약하니까요. 더군다나 저를 포함한 여태 만난 가디언들은 명령 체계를 반항하고 있었으니 제대로 된 가디언이 아니었어요. 숲지기도 정상이었으면 제가 졌을 거예요."

성준은 수리의 말에 놀랐다.

"그럼 앞으로 싸우게 되는 능력을 가진 가디언들은 장난이 아닐 거란 이야기네?"

수리는 성준의 말에 고개를 끄덕였다.

잠시 뒤 고통에서 벗어난 미리와 친구들이 밝게 웃으며 몸을 풀었다. 성준은 그녀들의 정보를 확인해 보았다.

―검투사 정보.
―영기 레벨 3.
―영기 성장치 0.
―영기 100.
―마비 침 레벨 2, 영기 궁술 레벨 1.
―영기 능력치 160.

이제는 마비 침의 여신이라는 오명에서 벗어나게 된 미리가 신이 나서 방방 뛰었다.

환하게 웃는 여고생들을 바라보던 성준은 숲을 바라보았다.

숲 전체의 기운이 바뀌었다. 성준은 모두에게 소리쳤다.

"모두 출발합시다! 풍림족이 움직인 모양입니다! 이곳은 그들의 안방입니다! 산을 빨리 벗어납시다!"

성준의 말이 끝나자 일행은 모두 계곡을 따라 달리기 시작했다. 성준은 일행을 벗어나서 계곡의 암벽을 타고 올라갔다. 그리고 암벽 근처에 있는 나무 위로 올라가 숲을 바라보았다. 멀리서부터 어두운 기운이 다가오고 있는데 아마도 살기라는 것인가 보다.

성준은 아래쪽의 계곡물 옆을 달리는 일행을 바라보면서 일행을 따라 암벽 위의 나무를 건너뛰기 시작했다. 일행이 움직이는 속도가 영기의 기운이 다가오는 것보다 느렸다. 풍림족은 숲 속에서는 엄청난 속도를 내는 모양이다.

이대로는 안 되겠다 싶어 성준은 아래로 뛰어내렸다. 성준은 밑으로 뛰어내리면서 허공을 살짝 쳐서 낙하 속도를 조절했다. 달리는 일행의 앞으로 내려선 성준은 일행을 멈춰 세웠다.

"잠깐 멈춰주세요. 풍림족이 너무나 빠릅니다. 다른 방법을 사용해야겠어요."

성준이 호영을 바라보자 호영은 바로 알아차렸다.

"계곡 리프팅을 하자는 말이군."

호영이 바로 통나무를 뽑아내기 시작하자 일행은 모두 달려들어 뗏목을 만들기 시작했다. 성준은 일을 도우면서 뗏목이 완성되는 시간과 가디언들이 몰려드는 시간을 비교해 보았다. 아슬아슬했다.

일행은 자신들의 능력을 최대한 활용해서 최단 시간에 뗏목을 만들어냈다.

이윽고 뗏목이 완성되었고, 그 순간 가디언들이 들이닥쳤다.

"가디언들이 도착했어요!"

성준이 일행에게 소리치자 정 교관이 재식과 보람에게 지시를 내렸다. 재식과 보람은 바로 일행과 뗏목 위에 방패를 만들었다.

"모두 밀어요!"

성준의 고함과 함께 일행은 모두 뗏목에 달라붙어 뗏목을 물에 밀어 넣었다.

일행의 머리 위로 비 오듯이 화살이 쏟아졌다. 너무나 많은 화살에 물 방패들은 몇 번이고 터져 나갔지만 아직 재식의 방패는 굳건했다.

물에 뜬 뗏목에 올라탄 성준은 위를 올려다보았다. 암벽 위로 무수한 가디언들의 상체가 보인다. 그들은 기계적으로 화

살을 날렸는데 2레벨 전사가 쏜 화살이라 화살의 위력이 장
난이 아니었다.

이윽고 모든 인원이 뗏목에 올라탔다. 그리고 방패를 만드
는 것을 멈출 수 없는 보람 대신에 하은이 땀을 뻘뻘 흘리면
서 강물과 자신의 영기를 연결했다.

'도대체 몇 가지 생각을 동시에 해야 하는 거야!'

하은은 보람이 쉽게 하는 것처럼 보여 나섰다가 강물과의
연결에 진땀을 뺐다. 한 번에 여러 가지의 상황을 처리해야
했다.

그래도 어쨌든 잠시 뒤 뗏목은 천천히 하류를 향해 움직이
기 시작했다. 뗏목은 물살에 의해 점점 가속이 붙었고, 일행
을 향해 날아오던 화살비도 점점 그쳐 갔다. 이윽고 화살비가
멈추자 보람과 재식은 방패를 제거했다. 그들은 자신의 팔목
을 확인하고 인상을 썼다.

"조금만 더 화살이 날아왔으면 영기가 다 떨어졌을 것 같
은데요?"

보람의 말에 성준은 고개를 끄덕였다. 항상 영기의 소모가
문제였다. 몬스터나 보스들처럼 영기를 신 나게 쓸 수 없는
처지라 조심해야 했다.

성준은 감각을 올려 주변을 살펴보았다. 멀리서 영기들이
일행을 따라 오는 것이 느껴졌다. 하지만 뗏목의 속도가 빨라

따라잡히지는 않을 것 같았다.

잠시 뒤 영기를 채운 보람이 하은과 교대했다. 하은은 보람과 교대하자 뗏목 위에 누워버렸다.

"머리가 아파~"

그 말을 들은 보람이 하은에게 한마디 했다.

"마리아 씨 안개 조정하는 것은 훨씬 힘들어. 겨우 강물하고 연동하는 거로 그러면 안 돼."

보람의 말에 하은의 얼굴이 하얗게 변했다.

성준은 잠시 주위를 살피고 당장은 괜찮아 보이자 미리를 다시 한 번 확인했다.

"미리야, 보스 던전에 들어가는 방법은 가디언을 쓰러뜨리는 것이라고 했지?"

"네, 기둥에 그렇게 쓰여 있었어요. 던전을 나가려면 10초를 버티고 보스 존에 가려면 지키는 가디언을 쓰러뜨린 후 기둥에 손을 올리라고요."

수리가 미리의 말에 보충했다.

"3레벨 몬스터홀은 보스 존에 진입하는 방법이 두 가지예요. 던전 중심에 있는 가디언 마을의 귀환 존을 지키는 가디언을 죽이는 방법이 있고, 만약 귀환 존이 몬스터의 둥지 안에 있으면 지키는 몬스터를 죽이는 방법이 있어요."

수리가 심각한 표정으로 말을 이었다.

"저희는 진입시키는 것은 성공했지만 보스 존 공략에는 실패했어요. 그들은 돌아오지 못했어요."

성준은 수리의 말에 자신의 팀원들을 가리켰다.

"그때 보스 존 공략했던 팀과 지금 우리 팀을 비교하면 어때?"

수리는 성준의 말에 고민하는 표정이 되었다.

"아무래도 3레벨 엘리트 몬스터를 잡아봐야 알 것 같은데요? 저희는 그때 엘리트 몬스터를 잡는 데는 성공했지만 상당한 손해를 입었거든요. 우리 귀환자 팀이 만약 3레벨 엘리트 몬스터를 어렵지 않게 잡는다면 도전할 만한 것 같아요."

성준은 수리의 말에 고민했다. 안전이 우선이었다. 그는 일행을 향해 말했다.

"모두 수리 말을 들었죠? 안전이 더 중요합니다. 우리 목표는 집으로의 귀환입니다. 보스 존은 나중에 생각하도록 합시다. 마리아에게는 양해를 부탁합니다."

마리아는 고개를 흔들었다.

"어차피 저도 안전한 것이 좋아요. 좀 더 기다리죠."

말을 마치고 성준이 앞을 바라보자 수리가 성준에게 작게 이야기했다.

"주인님이 없으면 이 팀으로는 아직 2레벨 보스도 힘들어요. 보스와의 전투는 주인님의 능력 사용 여부로 결정될 거예요. 주인님은 지금도 제가 본 그 어떤 4레벨 귀환자보다도 강하답니다. 제가 4레벨일 때보다도 강하세요. 그 어떤 4레벨 귀환자도 2레벨 던전의 보스 몬스터를 한 합에 죽일 수는 없어요."

"그거야 내 고유 능력 때문이지."

성준의 말에 수리가 미소를 지었다. 성준은 자기 입으로 자신에게 금칠한 것 같아서 입맛을 다셨다.

"참, 수리의 다른 능력은 어떻게 강화되었는지 대충은 알겠는데 정보 교환은 어떻게 진화한 거야?"

수리의 영기 검사 능력은 거리와 힘이 증가한 것 같았고 피부 강화는 피부의 특정한 부위의 방어력이 올라간 것 같았다. 하지만 다른 한 능력은 도저히 예상이 안 되었다.

"음~ 정보 교환을 할 수 있는 사람이 한 명 더 늘었어요. 이 사람은 그때처럼 머리를 맞대지 않고 제가 지정만 하면 될 것 같아요. 그리고 제가 정보 교환을 한 사람의 위치를 알 수 있게 되었어요."

말을 하며 수리는 성준에게 미소를 지어 보였다. 성준은 수리의 미소가 무섭게 느껴졌다.

조금 여유롭게 내려가던 뗏목은 잠시 뒤 점점 흔들리기 시작했다. 계곡이 급물살을 만들어내기 시작한 것이다. 보람은 빠른 속도에 물을 조정하는 것을 잠시 멈추었다.

"꺄악! 래프팅이다!"

헤라가 묘하게 즐거운 음색으로 소리를 질렀다. 다들 겁 없이 급류를 즐기기 시작했다. 성준은 어이없어하며 주위를 둘러보았다. 다행히 급류는 더 심해지지 않았다. 그리고 그 너머로 멀리 숲이 보였다.

'잠깐, 계곡물 앞에 왜 숲이 보이지?

성준은 어이가 없었다.

"할 건 다 하는구나. 폭포가 웬 말이냐."

신 나게 래프팅을 즐기던 사람들은 성준의 말에 눈을 똥그랗게 뜨고 앞을 바라봤다.

"꺄악! 폭포다!"

이번 헤라의 목소리는 비명이었다.

"보람 언니! 움직여요! 빨리!"

다희의 목소리에 보람도 놀라 다시 물과 연결하였다. 하지만 물과 연결하던 보람이 비명을 질렀다.

"물이 너무 거칠어요! 말을 안 들어요!"

하은이 나서서 보람을 도왔지만 하은은 연결 시도 중에 튕겨져 나왔다.

일행 중에 호영이 통나무를 사방에 던져 보기도 하고 헤라가 폭발 화살을 물에 쏘아보기도 했지만 일행 전부 물만 뒤집어썼다.

성준은 가만히 앉아 감각을 활성화하고 사방을 둘러보았다. 그리고 일행을 확인한 성준은 일행을 향해 소리쳤다. 폭포가 가까웠다.

"이대로 떨어집니다! 모두 밧줄로 몸을 감아요!"

성준은 급하게 일행에게 지시를 내렸다. 성준의 말이 끝나기가 무섭게 뗏목은 밑으로 떨어지기 시작했다. 폭포는 거의 200m 가 넘어 보였다. 그대로 떨어지면 무사하기 힘들어 보였다.

성준은 밑으로 떨어지는 순간 소리쳤다.

"보람!"

성준의 외침에 보람이 옆에서 떨어지는 물줄기에 자신의 영기를 접촉했다. 그리고 뗏목 아래의 물을 받쳐 뗏목을 수평으로 만들었다. 하지만 보람의 능력으로는 뗏목의 속도를 줄일 수가 없었다.

성준은 보람에게 소리치면서 밧줄을 놓고 뗏목에서 떨어졌다. 그리고 보람이 뗏목을 수평으로 세우자 발로 허공을 박차서 속도를 줄였다.

하지만 뗏목은 성준의 능력을 전이시키기엔 너무나 컸다. 뗏목은 빠른 속도로 아래로 떨어져 내렸다.

재식이 뗏목 아래로 자신의 방패 능력을 생성시켰고, 마리아는 자신의 안개를 뗏목의 아래로 쏘아 보냈으며, 하은은 실핏줄을 터뜨리면서 안개를 뗏목 아래로 모았다. 안개는 하은의 능력으로 거의 물로 응축되었다.

"젠장!"

성준은 온몸이 물에 젖고 안개에 푹 잠긴 채로 양팔과 어깨로 뗏목을 떠받쳤다.

그리고 뗏목이 바닥과 가까워졌을 때 보람이 폭포와의 연결을 끊고 폭포 아래의 물웅덩이에 자신의 능력을 연결해서 물을 끌어올렸다.

웅덩이의 물이 뗏목을 향해 힘차게 솟아올랐다.

꼬르륵~

성준은 솟아오른 물에 잠겨 버렸다.

철썩!

뗏목은 성준의 능력으로 인한 감속과 하은이 잡아놓은 물안개, 재식의 방패 능력, 그리고 솟아오른 물로 인해 무사히 물웅덩이에 내려설 수 있었다.

뗏목 바닥에 납작 엎드려 있던 모두는 무사하다는 기쁨에 환호했다.

"와~"

그리고 잠시 뒤 그들은 한 사람이 빈 것을 깨달았다. 그들이 놀라 사방으로 몸을 날리려고 할 때 수리가 그들을 말리며 물웅덩이 아래쪽을 가리켰다. 수리의 능력은 성준의 위치를 확실하게 알려주었다.

성준은 뗏목에서 조금 흘러간 하류에서 누운 채로 둥실 떠올랐다.

성준은 구름이 떠다니는 천장을 바라보며 말했다.

"밑에 물고기가 참 많아."

성준이 물 위로 떠오르자 수리가 바로 물로 뛰어들었다. 그 모습을 본 하은은 투덜거렸고, 보람은 씩 웃으며 손을 들어 물을 움직였다.

성준은 물에 실려 수리의 옆을 지나 뗏목 옆에 도착했다.

보람이 성준에게 손을 내밀었다.

"올라오세요."

수리는 그 모습을 보고 물 위에서 피식 웃었고 하은은 입을 딱 벌렸다.

"이 아줌마들이!"

그 모습을 본 재식은 마리아를 슬쩍 보며 한숨을 내쉬었고, 정 교관은 아무것도 못 본 것처럼 움직였다.

그렇게 정신없는 낙하 시간이 지나자 일행은 뗏목을 물웅덩이 옆에 댔다. 성준은 고개를 들어 위를 바라보고 감각을 활성화했다. 역시 풍림족이 뒤까지 따라온 모양이다. 하지만 폭포를 돌아오려면 한참이 걸릴 것이 분명했다.

"모두 여기서 잠시 쉽니다. 체력을 회복하고 다시 움직이겠습니다."

성준의 말에 모두 자리에 늘어졌다.

성준은 물웅덩이로 걸어갔다. 그리고 뒤를 돌아 일행에게 말했다.

"제가 여러분께 푸짐한 물고기 파티를 해드리겠습니다."

성준은 검을 생성해 물속에 집어넣고 독 능력을 활성화했다.

물에서 구슬이 솟아오르기 시작했다.

보람은 바로 물을 움직여서 구슬을 모았다.

"이번에는 꽤 많은데요?"

성준도 손안에 들어온 구슬들을 보고 고개를 끄덕였다. 이 정도면 여태 모은 정도 되는 양이다. 성준은 구슬을 보람에게 주고 일행을 모았다.

"아직 쫓기고 있으니 우선 출발하겠습니다. 앞으로는 평탄한 물길이 될 것 같으니 뗏목 위에서 늦은 식사를 하도록 하겠습니다."

다들 어느 정도 기운을 차리자 일행은 뗏목에 올라탔다. 벌써 여러 번 만들어본 뗏목은 큰 충격에도 무사했다.

모두 올라타고 보람이 조용히 물을 움직이자 뗏목은 하류를 향해 움직이기 시작했다. 강폭이 어느 정도 넓어져서 뗏목은 부드럽게 움직였다. 하지만 보람의 손길이 가해지자 뗏목은 사람의 달리기 속도 이상으로 움직였다.

일행은 불을 피우지 않는 간단한 간편식으로 식사를 마쳤다. 조금 늦은 식사였지만 이렇게라도 하지 않으면 전투 때 힘들었다.

한참을 잔잔하게 내려오며 일행은 오랜만에 여유를 즐겼다.

어느 정도 시간이 지나자 성준은 주위에 감각을 퍼뜨려 보았다. 아직 아무것도 잡히지 않았다. 그는 시간을 확인하고 고민스러운 표정이 되었다.

"왜 그러세요?"

수리가 성준의 표정을 보고 물었다.

"아무래도 시간이 애매해서 그래. 이대로 가다가는 마을에 도착하기 훨씬 전에 날이 어두워질 텐데, 그때 풍림족 가디언들이라도 공격하면 곤란해지거든."

수리도 성준의 말에 고민이 되었다. 잠깐 성준과 수리가 고민하고 있을 때, 세상이 쥐 죽은 듯이 조용해지는 느낌이 들었다.

과아아아앙~

조용한 세상을 뚫고 멀리서 뭔가 울리는 소리 같은 것이 들리더니 잠시 뒤 일행을 향해 강한 바람이 들이닥쳤다.

쏴아아악!

파도가 철썩여서 일행은 물을 뒤집어썼다. 일행은 물에 다시 홀딱 젖어 울상이 되었다.

성준은 소리가 나는 쪽으로 감각을 넓혀 나갔다. 거대한 영기가 다른 영기들과 충돌하는 것이 느껴졌다. 한쪽은 자신들을 따라오던 영기였다.

성준은 뗏목에서 일어났다.

"우리를 쫓아오던 풍림족들이 전투하는 중인 것 같습니다. 확인하고 오겠습니다. 우선 잠시 기다려 주십시오."

성준의 말에 모두를 대표해서 보람이 고개를 끄덕였다. 보람은 손을 펼쳐서 뗏목을 그 자리에 고정했다.

성준은 수리에게 대기해 달라고 이야기하고 전방을 향해 몸을 날렸다. 그리고 한참을 날아가다 발밑의 물을 박차고 능력을 사용해 다시 앞으로 날아갔다.

다희가 그 모습을 멍하니 보며 말했다.

"이제는 수상비도 보는구나. 남은 건 어검비행만 보면 되는 건가?"

혜라가 모를 소리를 하는 다희를 이상한 눈으로 쳐다보았다.

성준은 강을 건너 숲으로 뛰어들었다. 그리고 나무 위로 솟구쳐 올라선 성준은 영기가 격렬하게 충돌하고 있는 장소를 향해 몸을 날렸다.

성준이 여러 개의 나무를 건너가다 흠칫 놀라 손을 위로 후려쳐 나무 밑으로 떨어졌다.

밑으로 떨어지는 성준의 눈에 나무 위로 거대한 머리가 올라오는 것이 보였다. 조금만 늦었으면 들킬 뻔했다.

성준은 조심스럽게 나뭇가지들을 건너뛰었다. 좀 더 지나가자 바로 전에 본 머리의 실체를 알 수가 있었다.

몬스터는 날개 달린 거대한 도마뱀이었다. 다희가 봤으면 드래곤이라고 소리치며 기쁨의 비명을 질렀을 게 분명했다.

성준은 마지막 나무의 중간 가지에 올라 몸을 나무 뒤에 숨기고 얼굴만 내밀어 분지의 전투를 보았다.

거의 10m가 넘는 높이의 몬스터가 작은 가디언들과 싸우고 있었다. 이곳은 사방 500m 정도 되는 분지였는데 아마도 몬스터의 둥지였던 모양이다. 일행을 쫓던 풍림족들이 몬스터의 둥지를 침범해서 전투가 벌어진 것 같았다.

풍림족 가디언들은 나무 위와 아래에서 몬스터를 향해 화살을 쏘아대고 있었다. 몬스터를 향해 수백 개의 화살이 쏘아졌는데 화살은 몬스터에 채 닿기도 전에 비늘 앞에 생긴 빛나는 문양에 의해 모두 떨어졌다.

성준이 보기에 방패 능력으로 보였는데 그 숫자가 말도 안 되게 많았다. 그리고 몬스터는 자신에게 날아오는 화살은 신경도 쓰지 않고 가디언들을 향하여 입을 벌렸다. 잎에서 거대한 화염이 가디언들을 향해 뿜어졌다.

그야말로 브래스였다.

잠시 후 화염이 끝나자 화살을 날리던 가디언들의 태반이 연기가 되어 사라지고 화염을 맞은 나무들이 불타올랐다. 살아남은 가디언들은 조용히 뒤로 물러서기 시작했다. 그리고 잠시 뒤 분지에는 성준과 날개 달린 도마뱀 엘리트 몬스터만 남게 되었다.

성준은 몰래 영기분석을 몬스터에게 걸어보았다.

―수림 지형 파충류 적응형 각성 버전.
―3등급.
―수림 지형 테스트를 위해 제조.
―특이 능력 각성: 영기 화염, 영기 방패, 비행.
―강점: 공수의 균형이 맞는다. 비행 가능.
―단점: 물이 있는 곳을 싫어함.
―귀찮음.

성준은 영기분석이 보내준 정보를 보고 한숨을 내쉬었다.

'설마 모든 3등급 몬스터가 비행 능력이 있는 것은 아니겠지?

몬스터가 갑자기 고개를 들어 성준이 있는 쪽을 바라보았다. 성준은 그전에 나무 뒤로 몸을 숨겼다. 하지만 성준 쪽을 바라보던 몬스터가 입을 벌렸다.

"이런, 들켰다."

성준은 감각에서 느껴지는 영기에 화들짝 놀라 뒤로 몸을 날렸다. 성준의 뒤쪽에서 화염이 밀려왔다.

성준은 양손을 허공에 휘둘러 방향을 조정해 나뭇가지들을 피하며 양발을 걷어차 가속했다. 다행히 성준의 바로 뒤까지 따라오던 화염에서 겨우 벗어날 수 있었다.

놀란 성준은 일행이 있는 쪽으로 달려갔다. 3레벨 몬스터는 쉽지 않을 것 같았다. 일행과 회의를 해봐야 할 것 같았다.

성준이 다시 뗏목에 도착했을 때는 일행이 가디언들과 전투를 하고 있었다. 가디언들이 반으로 나뉘어서 강의 양쪽으로 접근한 모양이다. 한쪽은 방금 본 3레벨 엘리트 몬스터에게 당하고 물러섰지만 다른 쪽은 뗏목과 만난 것이다.

뗏목은 강 중앙에 떠 있었는데 성준이 간 방향이 안전한지 몰라 물가로 피하지 않은 것 같았다.

백 발이 넘는 화살이 뗏목을 향해 날아왔다.

슈슈슉!

펑! 펑!

뗏목은 재식의 방패 능력과 보람의 물 방패로 방어하고 있었는데 그 둘이 입에 영기회복석을 넣는 모습을 보니 벌써 영기가 바닥인 모양이다.

일행도 화살을 쏘아 나무 사이에 숨어 있는 가디언들을 하나하나 잡아내고 있었는데 교묘하게 숨어 있어서 찾아내기가 쉽지 않았다.

성준은 달려오던 속도 그대로 강물 위를 날아갔다. 성준이 물을 밟고 날아오는 것을 본 가디언 중 삼분의 일이 성준을 향해 활의 방향을 바꾸었다.

성준은 자신을 향해 날아오는 화살을 보고 물을 박찼다. 날아가는 속도 그대로 떠오른 성준의 아래로 화살이 지나갔다.

가디언들은 성준이 떠오른 것을 보고 성준이 날아가는 방향으로 화살을 날렸다. 하지만 성준은 허공을 한 번 더 박차 위로 올라갔다.

성준은 최고점에서 몸을 뒤집고 가디언들을 향해 쏘아졌다. 성준이 쏘아져 가는 옆으로 화살들이 지나갔다.

가디언들이 있는 숲으로 날아간 성준은 놀란 눈을 한 가디언을 향해 주먹을 휘둘렀다. 성준은 떨어져 내리는 속도와 가공할 능력으로 눈앞의 가디언을 한 방에 날려 버렸다.

성준은 그 반작용으로 속도가 감소해 나뭇가지에 착지한

다음 자신을 향해 화살을 돌리기 전에 나뭇가지에서 몸을 박찼다. 그리고 한 손을 옆으로 향해 수리를 소환했다.

수리는 성준에게 소환되자마자 바로 반응했다. 눈앞으로 날아오는 화살을 검으로 베어낸 후 수리는 앞의 나무를 박차고 다른 나무로 날아갔다. 수리가 박찬 잎이 무성한 나뭇가지에서 한 가디언이 목을 부여잡고 밑으로 떨어졌다. 수리의 검이 따로 움직여 가디언을 베어버린 것이다.

한쪽에서 수리가 조용히 몬스터들을 베면서 움직이고 있을 때 성준이 있는 쪽은 그 소란이 정말 대단했다.

성준은 앞쪽의 나무 뒤에 가디언이 숨어 있는 것을 느끼고 손에 능력을 담아 나무를 후려쳤다.

쾅!

나무가 가디언과 함께 박살이 나서 사방으로 흩어졌다. 성준은 나무를 후려친 반작용으로 뒤로 튕겨 나가다 몸을 돌려 눈앞의 나무를 베어버렸다. 성준의 검에 나무와 가디언이 같이 베어졌다.

성준은 넘어지고 있는 나무를 박차 다음 표적인 가디언을 향해 몸을 던졌다.

성준과 수리가 숲에서 가디언들을 제거하자 뗏목을 향해 날아가던 화살 수가 급격하게 줄어들었다.

그러자 그동안의 설움을 갚으려는 듯 마리아가 전방을 향해 안개를 뿜어냈다. 동 레벨의 몬스터나 가디언한테는 안개가 크게 방해가 되지 않아 자신의 능력이 소용없었던 마리아는 다시금 보람과 호흡을 맞추었다.

보람은 마리아가 만든 안개에 자신의 영기를 접촉해서 안개를 수백 개의 물방울로 만들더니 그대로 얼려 버렸다. 그리고 그 작은 얼음 알갱이들을 숲으로 쏘아내었다.

성준과 수리는 자신들을 향해 날아오는 얼음 조각들에 놀라 나무 뒤로 숨었다. 가디언들도 나무 뒤에 숨었고, 느리게 움직여 얼음 덩어리에 맞은 가디언들은 상처를 입고 나무에서 떨어졌다.

츄아아악!

하지만 얼음 조각의 실질적인 위력은 다른 곳에서 나타났다. 강변에 있는 많은 나뭇잎이 얼음 조각에 쓸려가 앙상한 가지들이 드러난 것이다.

뗏목에 있던 궁사들은 환호성을 내지르면서 눈에 훤하게 뛰는 가디언들을 향해 활을 쏘아댔다. 특히 영기 화살 능력을 얻은 여고생들은 화살의 낭비도 없이 강력한 영기를 가디언들에게 쏘아댔다.

여고생들의 영기 화살에 맞은 가디언들은 하나같이 맞은 자리에 구멍이 뚫려 연기가 되어 사라졌다.

풍림족 가디언들은 백이 훨씬 넘게 연기로 사라지고 나서야 겨우 수십이 남아 후퇴했다. 성준은 숲 안쪽으로 달려가는 그들을 그냥 보내주었다. 도망치는 적을 공격해서 긁어 부스럼을 만들 필요는 없었다.

성준은 주위를 살펴 모든 가디언들이 사라진 것을 확인한 후 다시 강변으로 나갔다. 수리도 반대편 숲에서 나와 성준에게 다가왔다.

"고생하셨어요."

성준은 허리를 감는 것으로 인사를 대신하고 뗏목을 향해 날아올랐다.

성준과 일행은 뗏목을 가디언들이 공격해 온 방향의 반대편 강가로 끌어올리고 이곳에서 밤을 보내기로 했다.

지금 있는 곳의 한쪽은 3레벨 엘리트 몬스터가 진로를 막고 있고 다른 쪽은 강이 있어 그나마 안전했다. 성준이 파악한 바로는 그들이 위치한 곳은 엘리트 몬스터의 영역 바깥이었다.

성준과 일행은 바로 잠자리를 준비하기 시작했다. 이번엔 가디언들에 대한 대비가 필요해서 호영으로 하여금 통나무를 만들게 하고 재식의 힘으로 사방에 통나무를 박도록 한 후 그 사이에 인계 철선을 감아 습격에 대비했다.

호영은 계속해서 통나무를 만들어내 일행을 방어할 높고 작은 방책을 만들었다.

다행히 호영이 3레벨이 되자 나무를 만들어낼 수 있는 시간이 짧아져 어두워지기 전에 잠자리를 둘러쌓을 수가 있었지만 다른 작업이 시간이 걸려 결국 던전이 깜깜해져서야 모든 작업을 마칠 수 있었다.

잘 자리를 둘러싼 높은 방책이 있고 그 바깥에는 사방에 꽂힌 나무와 그 사이를 연결하는 인계 철선이 있다. 이 정도면 화살 공격과 야간 습격은 어느 정도 막을 수 있을 것 같았다.

성준은 방책 위로 작은 의자를 올려놓아 불침번이 앉아 있을 수 있도록 했다. 그리고 다들 피곤해서 저녁도 먹지 못하고 불침번을 제외하고는 잠자리에 들었다.

성준은 그날 밤 불침번을 서는 내내 3레벨 엘리트 몬스터의 영기를 계속해서 느낄 수 있었다.

그는 4레벨이 되자 몬스터들과 가디언들의 영역을 알 수가 있었는데, 이곳에서 몇백 미터만 숲으로 들어가면 3레벨 엘리트 몬스터의 영역이 시작되었다.

성준이 감각을 활성화하고 던전을 둘러보자 던전의 모든 곳이 검은색의 영기로 빛났다. 밤이라서 시야가 매우 어두운데도 영기는 또렷이 느껴졌다.

"5레벨이 되면 던전이 영기 자체로 보일 수도 있겠어."

성준의 표정이 조금 어두워졌다. 이제 자신은 인간과 다른 무엇과의 사이에 있는 것 같았다.

잠시 멍하니 있던 성준은 고개를 흔들었다. 어차피 귀환자
가 되는 순간 인간을 벗어나기로 했다.

성준은 반대편에 만들어놓은 방책 의자에 앉아 주위를 살
피는 수리를 맨눈으로 바라보았다. 살랑거리는 바람에 긴 생
머리를 맡긴 모습이 아름다웠다.

"저 모습으로 수천 년이라… 설마 나도 늙지 않는 건가?"

성준은 능력으로 본 팔의 영기가 흐르는 모습에 고개를 갸
웃거렸다.

다행히 그날 밤은 저녁에 준비한 것이 무색하게 무사히 보
낼 수 있었다. 가디언들의 타격이 컸던 모양이다. 성준과 일
행은 가디언들이 자신들의 마을로 돌아갔으면 하는 바람이었
다.

*   *   *

저녁을 먹지 못한 일행은 허겁지겁 아침을 먹었다. 간만에
전투 식량이 맛있게 느껴진 식사였다.

일행은 식사 후 장비를 정비했다. 성준은 정비하는 일행 앞
에 서서 일행을 둘러보았다.

"어제 말한 것처럼 3레벨 엘리트 몬스터를 공략해 보고자

합니다. 제가 확인한 바로는 엘리트 몬스터는 영기 화염과 영기 방패를 사용하고 날아다닐 수 있습니다. 저희가 제대로 준비하지 않으면 위험할 수 있습니다."

성준과 일행은 둘러앉아 몬스터를 공략할 방법에 관해 이야기했다.

미영은 바닥을 따라 움직여 갔다. 그녀는 능력을 사용할 때마다 정신은 다른 곳에 있고 제삼자의 입장에서 물체와 동화된 자신의 몸을 움직이는 느낌이 들었다.

계속해서 움직이던 미영은 성준이 말한 위치에 멈추었다. 이제 더 접근하면 발각될 가능성이 높다고 성준이 말한 위치였다. 미영은 긴장을 더 높이고 앞으로 100m 정도 전진했다. 앞으로 이만큼만 전진하면 몬스터가 있는 곳이다.

미영의 온몸에 소름이 쫙 돋았다. 이 감각이 항상 미영을 구해주었다. 미영은 바로 땅에서 튀어나와 다른 능력을 활성화했다.

화르르르!

미영 주변을 불길이 휩쓸었다. 미영은 영기화한 몸으로 자신을 향하여 불을 뿜어낸 엘리트 몬스터를 향해 양손의 가운뎃손가락을 들어 올렸다.

그리고 몸을 돌려 달려나갔다. 미영은 달려가면서 손에 들고 있던 회복석을 입에 집어넣었다. 영기화와 동화는 자신의 신체와 접촉한 자신의 물건을 같이 영기화시켜 주거나 동화시켜 주기 때문에 회복석을 가지고 올 수 있었다.

미영은 빠르게 불길을 벗어날 수 있었다.

그녀의 뒤에서 성난 몬스터의 괴성이 들려왔다.

그리고 미영이 지나가는 나무 위로 한 명이 나무를 건너뛰어 갔다.

"다음 타자, 수고하세요~"

미영은 강으로 달려가면서 나무 위를 건너뛰는 성준에게 손을 흔들었다.

성준은 나무를 건너뛰다 마지막 나무를 밟고 공중으로 뛰어올랐다.

눈앞에 분노한 몬스터가 성준을 향해 입을 벌리기 시작하고 있었다.

성준이 손을 위로 후려쳐 밑으로 떨어져 내리자 성준의 위로 불길이 지나갔다.

성준은 밑으로 떨어져 내리다 다시 한 번 발을 박차 몬스터의 몸으로 뛰어들며 손을 앞으로 향하고 수리를 소환했다.

수리는 몬스터의 정면에 나타나자마자 손에 든 검을 몬스터를 향해 날렸다.

몬스터의 표면에 수많은 방패 능력이 나타나 날아다니며

사방을 찌르고 베는 검을 막아냈다. 수리는 밑으로 떨어지면서 검을 조정해 계속 공격했다.

쿵!

크악!

엘리트 몬스터는 자신의 가슴을 공격하는 수리를 공격하기 위해 목을 아래로 내리다 앞발에 꽂힌 강력한 공격에 비명을 질렀다.

성준이 수리를 소환한 후 허공을 박차 몬스터의 발을 향해 내리꽂힌 것이다. 능력이 가득 담긴 성준의 주먹이 몬스터의 발을 내려쳤다.

자동으로 생겨난 방패 능력이 성준의 주먹을 막았지만, 주먹에 실린 힘 자체는 막지 못해 발이 땅속에 반쯤 파묻혔다.

몬스터는 비명을 지르면서 성준과 수리를 향해 화염을 뿜었다. 성준은 불길을 피해 위로 뛰어오르면서 수리를 소환 해제했다. 불길이 수리에게 닿기 전에 수리는 검은 연기가 되어 사라졌다.

성준은 불길이 몬스터의 눈을 가리는 동안 몬스터의 등을 한 번 박차고 몬스터의 머리 위로 올라올 수 있었다.

"한 방 더!"

성준은 몬스터의 머리에 자신의 주먹을 힘껏 내질렀다. 몬스터는 성준의 주먹을 맞고 머리가 휘청거렸다.

성준은 몬스터가 휘청거리는 모습을 보자마자 바로 허공을 발로 차 강 쪽으로 내빼기 시작했다. 그리고 성준은 고개를 돌려 몬스터의 정보를 확인했다.

"됐다!"

영기분석에 의하면 몬스터의 감정이 '극도로 분노'로 변해 있었다.

엘리트 몬스터는 도망가고 있는 성준을 바라보며 아래로 늘어뜨렸던 날개를 쭉 펴기 시작했다. 날개는 몬스터의 몸통 몇 배나 되는 크기였다.

몬스터는 자신의 몸에 능력을 걸었다. 그러자 몬스터의 몸에 은은한 빛이 돌기 시작하더니 쭉 편 날개를 아래로 강하게 내려쳐 그 자리에서 위로 솟구쳤다.

날개는 단지 추진의 역할을 하고 몬스터의 몸 자체는 능력으로 비행이 가능한 상태였다. 나무 위로 한참을 치솟은 몬스터는 멀리 달아나고 있는 성준을 보고 다시 한 번 날개를 홰치며 성준을 향해 쏜살같이 날아갔다.

성준은 등 뒤에서 다가오는 영기의 느낌에 식겁했다. 예상보다 훨씬 빠른 속도에 성준도 나무를 박차고 다시 허공을 박차 가속하기 시작했다.

몬스터가 성준을 거의 따라잡았을 때 성준과 몬스터의 눈앞으로 온통 안개로 가득 찬 지역이 등장했다.

성준은 아슬아슬하게 몬스터를 피해 안개로 뛰어들었다. 몬스터도 속도를 이기지 못하고 안개 속으로 뛰어들었다.

몬스터가 안개에 뛰어들자 안개가 몬스터의 주위로 모여들더니 얼음 결정이 되기 시작했다. 그리고 몬스터가 반응도 하기 전에 수백, 수천 개의 얼음 결정이 몬스터를 향해 쏟아졌다.

몬스터의 방패 능력이 자동으로 발현되어 몬스터의 몸에 얼음이 부딪치기 전에 얼음을 막아내기 시작했다. 하지만 작은 얼음은 계속해서 몬스터의 몸으로 날아왔다.

몬스터는 눈을 가늘게 떠서 자신을 공격해 오는 얼음을 조정하고 있는 사람을 찾았다. 사방이 안개로 가득했지만 몬스터의 시력을 막지는 못했다. 몬스터는 강가에 서 있는 보람을 발견하고 보람을 향해 입을 벌렸다.

벌린 몬스터의 입속으로 화살 세 개가 날아와 몬스터의 입천장에 동시에 꽂혔다. 몬스터는 입을 벌린 채로 덜컥 멈추었다. 보람에게 정신이 팔려 다른 사람을 신경 쓰지 못한 것이 실수였다.

"레벨 업한 마비 화살이다!"

미리의 목소리를 들으며 몬스터는 아래로 추락하기 시작했다. 떨어지는 몬스터를 향해 화살과 창이 쏟아졌다.

퍼퍼펑!

하지만 안타깝게도 방패 능력이 모든 공격을 막아냈다. 마비 상태에도 자동 방어가 되는 모양이었다.

아래의 나무에 찔리기 전에 마비가 풀린 몬스터는 다시 날갯짓을 하며 높이 올라가려고 했다. 이대로는 적과 너무 가까웠다.

쾅!

날개를 펄럭이려던 몬스터는 머리에 강한 충격을 받고 다시 아래로 떨어지기 시작했다. 성준은 몬스터의 머리를 내려친 손을 다시 뒤로 빼고 발로 허공을 차서 몬스터를 쫓아갔다.

어쨌거나 몬스터를 물 근처에 처박아 놓고 생각해야 했다. 예상외로 방패 능력이 너무 강하고 오래갔다.

쾅!

쾅!

결국 성준의 주먹질 두 방에 몬스터는 바닥을 나뒹굴고 말았다. 몬스터는 충격 때문에 아직 정신을 못 차리고 있었다. 성준은 몬스터의 몸 위에 착지했다.

성준은 이 기회에 방패 능력을 시험하기 위해 일행 중에 가장 강한 자신의 절단강화 능력을 검에 활성화해서 몬스터의 몸에 내리찍었다.

탱!

검이 방패 능력에 의해 튕겨져 나왔다. 그와 동시에 성준의 몸도 방패 능력에 의해 튕겨져 나갔다. 아마 살기 비슷한 것에 반응하는 모양이었다. 성준의 검도 방패 능력을 뚫지 못했다.

몬스터가 머리를 흔들더니 정신을 차리고 공중으로 떠오르기 시작했다. 성준은 필사적으로 감각을 활성화해서 방법을 찾았다. 몬스터가 이대로 떠오르면 낭패였다.

─물을 싫어한다.
─화염을 사용하기 때문에.
─화염이 물을 만나면 불이 꺼진다.
─몬스터는 화염 공격 이외의 공격이 있나?
─아니면 물에 들어가면 다른 약점이 있나?

성준이 모두에게 소리쳤다.

"이 녀석을 물로 밀어 넣어야 해요!"

성준은 일행에게 그렇게 말하며 한 사람을 안고 떠오르는 몬스터를 향해 몸을 던졌다.

몬스터는 날아오는 성준을 향해 입을 벌려 화염을 쏘아냈다. 피할 방법이 없어 보였다.

불길 사이에서 성준이 튀어나와 몬스터의 몸을 후려쳤다.

몬스터는 뜻밖에 공격에 공중에서 물 쪽으로 크게 밀려났다.

성준은 반대로 튕겨 나면서 품속에 있는 사람에게 고마움을 표시했다.

"나중에 호영 씨에게 안 혼나게 잘 말해줘요."

"선물 하나 하면."

성준의 품에는 미영이 안겨 있었다. 미영은 자신의 동화와 영기화를 사용해 성준까지 불속에서 피해를 안 입게 한 것이다.

일행은 물 쪽으로 튕겨져 가는 몬스터를 향해 미친 듯이 화살과 창, 나무를 쏘아 보냈다.

펑! 펑! 펑!

비행 능력에 의해 가벼운 상태인 몬스터는 각종 폭발로 인해 쭉쭉 밀리다가 물에 빠져 버렸다.

풍덩!

몬스터는 물에 빠지자 정신이 번쩍 들었다. 여기서는 화염을 뿜으면 위험했다. 빨리 빠져나가야 했다. 물에서 몸을 일으키자 몸의 반이 빠져나온 몬스터는 날개를 펴려고 했다.

그러한 몬스터를 향해 공격이 계속되었다. 일행은 모두 강변에 나와 몬스터를 향해 집중 공격을 했다. 보람은 특히 강물을 일으켜 만든 얼어붙은 창을 몬스터의 날개를 향해 떨구어 날아오르지 못하게 했다.

몬스터는 더 이상의 공격을 참을 수가 없었다. 손해를 보는 한이 있어도 이런 식으로 당할 수는 없었다.

몬스터는 입속에 화염을 가득 모아 일행이 모여 있는 방향으로 발사했다.

화염이 수면을 가르면서 일행을 향해 나아갔다.

"방어!"

정 교관이 비명처럼 소리쳤다. 그러자 재식이 힘을 주어 자신의 앞에 있는 줄을 끌어당겼다.

"쿵!"

일행의 앞에 어제 일행이 만들어놓은 방책이 모래 위로 일어났다. 일행은 화염을 막기 위해 방책을 모래 속에 숨겨두었다.

재식은 방책에 등을 받치고 자신의 방패 능력을 최대로 발휘했다. 보람은 화염의 진행을 막기 위해 필사적으로 강물을 일으켜 세웠다.

하지만 물의 벽은 화염에 관통되었다. 그리고 화염은 재식의 방패 능력과 방책에 충돌했다.

"크악!"

재식은 어깨를 파고드는 열기에 비명을 질렀다. 보람과 하은이 필사적으로 물을 퍼부었지만 얼마 못 버틸 것 같았다.

그때 방책을 불태우던 화염이 멈추었다. 어리둥절한 일행이 방책 옆으로 고개를 내밀자 강물에 서 있던 몬스터가 옆으로 쓰러지고 있었다.

그리고 물속에서 성준의 머리가 올라왔다.

일행이 몬스터를 공격하고 있을 때 성준은 물속에 뛰어들어 몬스터 근처에서 기회를 보고 있었는데, 몬스터가 더 이상 못 참고 공격하자 물속에 잠긴 몬스터 비늘의 영기가 흐려지는 것이 보였다. 그래서 성준은 바로 절단강화가 걸린 검을 찔러 넣고 검의 능력을 바꿔 독을 퍼부은 것이다.

이 몬스터의 약점이 물인 것은 물에 닿은 비늘에는 화염 능력 사용 시 방패 능력이 발동을 안 하는 이유에서였다.

성준이 수리를 바라보자 수리가 고개를 끄덕였다. 보스 몬스터를 상대할 만하다는 이야기였다.

성준은 급하게 물속을 뒤지기 시작했다. 구슬이 떠내려가면 큰일이었다. 다행히 성준의 감각에 진한 검은 영기가 걸려 들어 떠내려가는 구슬을 건질 수가 있었다. 성준은 물에서 건진 구슬을 확인했다.

―영기보석 자동 방패 레벨 3.
―레벨 3 영기 성장치 100 검투사를 4레벨 검투사로 만듦.
―레벨 4 이하 검투사의 영기 성장치를 증가시킴.
―소유자가 공격당하면 자동으로 방패 생성.

—레벨 증가 시 동시 방패 개수 증가.

—적용 방법: 먹기.

엘리트 몬스터를 공격할 때 성준과 일행을 그렇게 고생시
킨 방패 능력이었다.

하지만 이것을 누가 필요할지에 대해서는 성준도 고개를
갸웃거릴 수밖에 없었다. 성준은 우선 구슬을 주머니에 넣고
물 위로 올라섰다.

보람이 뿌린 물에 의해 모래에서 수증기가 뿜어져 나오고
있었다. 그 사이에서 일행은 모두 땀을 뻘뻘 흘리면서 바닥에
누워 있다.

심한 화상을 입은 재식은 하은에게 치료를 받고 있었다. 다
행히 모든 화상이 재생 가능한 모양이었다.

성준은 주위를 둘러보았다.

강변 모래밭이 강 쪽으로부터 푹 파여서 일행이 있는 방책
앞까지 강물이 들어와 있었다.

깊이와 넓이가 대단했다. 이 위력으로 보아 재식이 필사적
으로 막지 않았으면 화염에 일행 모두가 완전히 휘말렸을 게
분명했다.

방책도 태반이 타들어가서 나무인지 숯인지 구별이 되지
않았다.

성준이 일행에게 다가가자 수리가 성준을 마중 나왔다.

"수고하셨어요."

수리의 인사를 받고 성준은 일행을 둘러보았다. 모두 너무나 강한 화력에 놀란 기색이 분명했다.

"아무래도 보스와의 결전은 힘들겠어. 모두 무사하기는 해도 미리 약점을 파악해서 끌어들여 싸운 것이고, 더군다나 보스 몬스터는 더 강할 테니까."

"안전하게 하려면 그편이 좋을 거예요. 저도 이 팀에서 희생자가 안 나왔으면 좋겠어요."

성준의 말에 수리가 동의했다.

"그럼 처음 계획대로 집으로 돌아간다."

성준은 말을 마치고 일행을 휴식하게 했다. 아직 오전 중이었다.

성준은 쉬고 있는 일행에게 좀 전에 수리와 한 말을 이야기해 주었다. 모두 위험한 도전을 하지 않는다는 말에 기뻐했다. 그들도 걱정한 모양이었다.

"아무래도 모든 인원이 3레벨이 되고 충분한 성장치가 쌓인 후에 움직여야 할 것 같습니다. 이제 이곳에 2레벨은 두 명만 남았으니 금방 모두 3레벨이 될 것입니다."

이제 팀에서 혜라와 다희만 2레벨이었다. 둘 다 다른 사람들이 먼저 3레벨이 되는 것을 시기하지 않고 잘 참아주었다.

일행이 잠시 쉬는 동안 성준은 근처의 나무 위로 올라가 있었다.

성준은 멀리 풍림족이 있는 방향을 바라보고 있었다. 그동안 사라졌던 풍림족의 영기가 조금씩 다가오는 것이 느껴졌다. 인원을 보강해 다시 몰려오는 모양이었다.

성준은 아래로 뛰어내렸다. 일행은 충분한 휴식을 취했는지 장비를 챙기고 있었다.

"풍림족이 다시 몰려오는 모양입니다."

성준의 말에 일행은 인상을 찡그렸다. 끝없이 쏟아지는 화살 공격에 질린 까닭이다.

"이대로 뗏목을 타고 가다가 던전의 중앙을 지키고 있는 가디언들의 영역에 들어가기 전에 뗏목에서 내리도록 하겠습니다. 아무래도 협공당하면 안 되니까요."

성준은 말을 하고 다른 의견이 있는지 사람들을 둘러보았다. 모두 성준의 말에 동의했다.

성준과 일행은 멀리 떨어뜨려 놓았던 뗏목을 밀어 물속에 집어넣었다. 일행 모두는 뗏목에 올라타 던전 중심을 향해 흐르는 강물에 몸을 맡겼다.

쉬고 있는 성준에게 보람이 다가왔다.

"식량 대부분을 못 먹게 생겼어요. 배낭을 화염이 훑고 지나갔어요. 배낭과 장비는 버텨냈지만 식량은 많은 양이 변해 버렸어요."

성준은 거리를 계산해 보았다. 식사 전에 빠져나갈 수 있을 것 같았다. 그의 말을 들은 보람은 안심했다.

그렇게 한 시간이 지났다. 주위를 둘러보던 성준은 뗏목을 강가로 움직이게 했다.

보람은 물을 움직여서 뗏목을 강가로 이동시켰다. 일행은 힘을 합쳐 뗏목을 강변으로 올려놓았다.

"이제 저 앞부터 그들의 영역입니다. 저번에 왔을 때를 기억하고 조심스럽게 접근합니다."

성준의 말에 일행은 위장하기 시작했다. 그동안의 많은 경험으로 군인 이상으로 위장할 수가 있었다. 실바족이나 풍림족에 비교할 수는 없겠지만 하지 않는 것보다는 훨씬 나으니 최선을 다했다.

일행의 위장을 만족스럽게 바라본 성준은 뒤를 돌아보았다.

멀리서 풍림족의 영기가 밀려오고 있었다. 그들은 절대 포기하지 않을 모양이었다. 성준은 일행에게 출발 신호를 했다. 풍림족을 만나기 전에 빨리 움직여야 했다.

일행은 숲 속으로 진입했다.

숲 속에서 세 명의 실바족 전사가 주위를 살피며 움직이고
있었다. 정기적인 순찰 업무였다.

그들은 전에 보았던 것처럼 인간의 여성들보다 조금 작은
키에 큰 눈을 갖고 있고 벌거벗고 있었다. 하지만 전사임을
증명하는 강인한 근육과 몸에 그려진 몇 줄의 화려한 색상의
패턴이 눈을 어지럽혔다.

성준은 이제야 의문을 느꼈다. 숲 속에서는 보호색이 중요
한데 왜 저런 눈에 띄는 문양을 했는지 알 수가 없었다.

성준은 몸에 칠해져 있는 문양에 감각을 집중해서 영기를
확인해 보았다.

검은 영기가 그 문양을 따라 온몸으로 연결되어 있었다. 하
지만 지금은 영기가 거의 없어 보였다. 아마 주술사 가디언의
능력을 받아들이는 문양인 모양이다.

성준 일행은 전사들이 수색하며 다가오는 50m 앞에 조용
히 엎드려 있었다. 궁수들은 전사들을 향해 활을 겨누고 있었
다.

가디언들의 뒤쪽에서 신호가 왔다. 정 교관은 들었던 손을
내리자 궁수들이 각자 자신이 맡은 가디언들을 향해 화살을
발사했다.

슈슈슉!

화살은 모두 가디언들에게 명중했고, 그들은 비명도 지르지 못하고 그 자리에서 쓰러졌다. 가디언들이 모두 쓰러지자 그 뒤쪽에서 미영이 땅속에서 솟아올랐다.

잠시 주위를 확인하던 미영은 일행에게 가디언들이 모두 제거되었다는 신호를 했다. 미영의 손짓에 모두 다시 움직이기 시작했다.

일행은 조심스럽게 움직였다. 성준이 조금 앞에서 감각을 활성화해서 가디언들을 발견하면 미영을 그들 뒤로 보낸 후 궁수들의 저격으로 제거했다.

일행은 상당히 깊은 곳까지 들키지 않고 움직일 수 있었다. 모두 한시름을 놓고 있었지만 성준은 오히려 더 긴장했다. 뒤에서 쫓아오던 풍림족의 기운이 이제 거의 다 다가왔기 때문이다. 성준과 일행은 이제 결정해야 했다.

성준은 전진하던 일행을 멈추어 세우고 의견을 물어보았다. 더 빨리 움직이자는 의견에는 모두가 반대했고, 이곳에서 숨어 있자는 의견이 대다수였다.

숨는 방법으로는 몇 가지 이야기가 나왔다. 나무 위로 올라가 숨거나 땅을 파서 숨자는 이야기가 나왔으나 하나는 발각될 확률이 너무 높고 다른 하나는 시간이 너무 걸렸다.

이야기를 듣던 호영이 손을 들었다.

"내가 해보도록 하지. 내게 맡겨봐."

호영이 일행에게 자기 생각을 이야기했다. 모두 대찬성했다. 바로 일행은 숨기 좋을 만한 장소를 찾아 움직였다. 잠시 뒤 일행은 가시나무와 수풀이 우거진 장소를 찾아냈다.

호영은 일행이 모여 있는 가운데에 한쪽 다리를 세우고 앉아 손을 땅에 댔다. 그리고 자신의 영기를 땅과 사방에 있는 가시나무와 연결했다.

쿠쿠쿠쿠!

호영이 능력을 활성화하고 바닥에 영기를 쏟아내자 일행 주변의 땅이 들썩거리기 시작하며 바닥에서 작은 싹이 솟아나기 시작했다.

그 싹들은 순식간에 위로 자라나기 시작했다. 마치 시간을 수백 배, 수천 배 돌린 모습이다.

땅을 향해 있던 사람들의 시선이 점점 위로 올라가기 시작했다.

잠시 후 일행 주변은 온통 커다란 가시나무로 가득 찼다. 안과 밖은 가시나무와 그 잎으로 완전히 단절되었다.

호영이 바닥에서 손을 떼고 일어서자 미영이 다가와서 호영의 이마에 맺힌 땀을 닦아주었다.

"온다!"

성준의 말에 일행은 모두 조용히 숨을 죽였다.

성준은 가시나무 위쪽을 바라보았다. 두 방향의 영기가 엉키기 시작하더니 숲 속이 소란스러워지기 시작했다.

숲에서의 전투는 풍림족이 일방적으로 승리하고 있었다. 풍림족이 귀환자들과 몬스터에게 많은 인원을 잃었다지만 정찰 병력만으로 상대할 만한 인원은 아니었다.

풍림족은 귀환자들의 흔적을 이 숲에서 잃어버렸기 때문에 그대로 전진할 수밖에 없었다.

더군다나 일족의 숲지기가 없어 기본적인 전투 교리만으로 움직이고 있는 지금은 눈앞의 적을 제거하고 앞으로 나아갈 수밖에 없었다.

성준과 일행이 숨어 있는 가시나무의 밖에서도 전투가 벌어지고 있었다. 사방에서 비명이 들리고 가시나무에 부딪치는 가디언들도 있었다. 그리고 잠시 뒤 가디언들은 일행을 지나가 마을로 향했다.

하늘을 살피던 성준은 발을 굴려 몸을 위로 띄웠다. 한 번의 발 구름에 가시나무들 위로 올라선 성준은 얇은 가지 위에 능력을 사용하여 몸을 세웠다.

성준은 그 상태에서 영기가 몰려간 방향을 살펴보았다.

풍림족이 실바족을 쓸어버리면서 내려가고 있고, 실바족은 모든 정찰병을 불러들이는 모양이었다. 이 주변에는 더는 가디언이 존재하지 않았다.

성준은 다시 가시나무 안쪽으로 내려섰다.

"모두 지나간 것 같습니다. 이제 모두 나가죠."

일행은 모두 호영을 바라보았다.

"난 나무를 없애는 법은 모르는데?"

호영의 말에 모두 입을 딱 벌렸다. 성준도 어이가 없어 호영을 바라보았다.

호영은 미영에게 한 대 맞을 수밖에 없었고, 성준이 나서서 절단강화가 걸린 검으로 나무들을 잘라내기 시작했다. 그나마 소리가 안 나고 강한 무기가 성준의 검이었다.

얼마나 나무를 겹겹이 만들어냈는지 모두 나오는 데만 한참 걸렸다. 모두 호영에게 눈치를 주는 가운데 성준이 일행에게 말했다.

"이제 출발해서 풍림족 가디언들을 따라잡아야 합니다. 제일 좋은 방법은 두 종족 간의 전투 중에 마을로 난입하는 방법입니다. 모두 출발합시다."

성준의 말이 끝나자 모두 숲 속을 달리기 시작했다. 멀리서 폭음이 울리기 시작했다. 마을 앞에서 본격적으로 전투가 벌어지는 모양이었다.

일행은 폭음을 향해 전속력으로 달렸다.

한참을 달리다 마을과 숲의 경계 부근에 도착하자 성준은 일행을 멈추어 세우고 모두 숨게 했다.

전방에 풍림족 가디언들이 있었다. 궁수 위주인 가디언들이 나무 뒤에서 마을로 화살을 날리고 있었다.

가디언들이 날린 화살은 마을의 방책 너머로 날아가고 있었다.

마을 사방에서 비명이 들려왔다. 이미 한참을 공격당하고 있던 모양이다. 가끔 불화살도 마을로 날아가 불에 타고 있는 건물도 눈에 띄었다.

성준과 일행은 가디언들끼리의 전투지만 마을 아이들이 화살에 쓰러지는 것을 보고 기분이 나빠졌다.

잠시 지켜보고 있자 마을 입구가 열리기 시작하더니 그곳에서 빛나는 창을 들고 수백의 전사가 걸어나오기 시작했다. 마을 안에서 주술사가 주술을 걸어준 모양이었다.

전사들은 자신들을 향해 날아오는 화살을 빛나는 창으로 쳐냈다.

일부 전사 가디언들은 화살을 막지 못해 쓰러지기도 했다. 실바 전사 가디언들이 모두 나오자 마을 입구가 닫혔다. 그리고 그들은 숲을 향해 달리기 시작했다.

성준은 난감했다. 전투 중에 마을로 들어가려고 했으나 마을 입구가 닫혀 버린 것이다. 자신이야 마을을 둘러싼 방책 너머로 넘어가면 되지만 다른 사람들은 불가능했다.

성준은 잠시 생각하다가 전투가 끝나면 정면 돌파하기로 했다. 이제 팀원들의 실력이면 충분히 가능할 것으로 생각되었다.

실바족 가디언들은 중간에 화살에 맞아 삼분의 일 정도가 피해를 보면서 숲으로 돌입했다. 숲에서는 실바족 가디언들이 월등하게 유리했다. 이 숲은 실바족 지역이고 풍림족의 위장 문신은 이 나무숲과 어울리지 않았다.

숨어 있는 곳을 속속 들킨 풍림족 가디언들은 실바족들에게 오히려 학살당하기 시작했다.

전투는 성준과 일행이 있는 곳까지 번졌다.

성준의 앞에 있는 풍림족들이 실바족 가디언들에게 공격당하기 시작했다. 그리고 얼마 안 돼서 풍림족 가디언들은 모두 연기가 되었고 실바족은 성준과 일행을 향하여 움직이기 시작했다.

가디언들이 한참 전투에 몰입했을 때 숨어 있던 자리에서 일어난 일행은 가디언들이 접근해 오자 무기를 꺼내 들었다.

"공격!"

성준의 명령에 가디언들에게 화살을 날렸다.

일행을 향해 달려오던 십여 명의 가디언은 그야말로 풍비박산이 났다.

그중 반은 접근도 못 하고 화살에 터져 나갔고 나머지 반은 얼음 창과 빛나는 창의 공격에 당했다. 겨우 일행 앞에 도착한 한 명의 가디언은 채 공격을 해보기도 전에 수리의 검에 목이 달아났다.

"눈먼 창에 당할 수가 있으니 평지에서 붙도록 합시다. 우선 숲 밖으로 나가 강가로 갑시다."

강력한 방어 능력이 있는 일행은 오히려 집단전을 하는 것이 편했다.

성준과 일행은 속보로 숲을 빠져나가 전처럼 강을 향해 뛰어갔다. 하지만 이번에는 어부지리를 노리는 것이 아니라 배수의 진을 칠 작정이다.

잠시 뒤 숲에서 모든 풍림족 가디언을 처리한 실바족 가디언들이 숲 밖으로 빠져나오기 시작했다.

그간의 전투로 많이 연기가 되었지만, 아직도 백 명은 넘는 숫자였다.

성준과 일행은 등 뒤에 강물을 두고 자리를 잡았다. 그들을 보고 숲 밖으로 나온 가디언들이 공터 가운데로 모여들기 시작했다.

확실히 전략을 아는 모습이다. 어느새 밖으로 나왔는지 주술사 가디언들도 모습을 보였다.

성준은 주술사 가디언들의 모습에 의아해했다. 이미 가디언들에게 주술을 걸었기에 나와 있을 이유가 없기 때문이다.

성준이 주술사들에게 집중하고 있을 때 주술사들이 앞으로 손을 내밀었다. 주술사의 손에 영기가 집중되기 시작했다.

성준은 감각으로 본 주술사들의 모습에 깜짝 놀랐다. 주술사들의 영기가 자신들과 연결되어 있었다.

"하은아! 적이 주술 공격을 할 모양이야! 어떻게라도 막아 봐!"

성준의 말에 화들짝 놀란 하은이 재빨리 일행의 전면에 물 덩어리로 방어막을 펼쳤다. 하지만 적의 공격을 확인한 후 그 반대 방식으로 방어하는 하은의 방식으로는 아직 아무런 효과가 없었다.

결국 주술사들의 주술이 시작되었다. 주술사들의 손이 빛나자 일행의 몸이 축 늘어지면서 온몸이 무거워지고 급격히 피곤해지기 시작했다.

하은은 자기 자신에게 쏟아지는 적의 정신 공격에 자동으로 정신 방어가 발동했다. 그리고 발동된 정신 방어를 바로 물로 만든 방어막에 쏟아 부었다.

일행 앞에 펼쳐진 얇은 막이 빛이 나기 시작했다. 그리고 주술사들의 정신 공격이 튕겨져 나갔다. 멀리 주술사들이 피를 토하고 쓰러지는 것이 보였다.

2레벨 엘리트 몬스터에 비해 일반 주술사 가디언들은 정신력이 약한 모양이었다.

일행 중에 성준이 제일 먼저 정신을 차렸다. 제일 강한 정신력과 레벨, 그리고 고유 능력 때문이었다. 정신을 차린 성준은 주위를 살폈다. 다들 정신을 못 차리고 있었다. 그나마 가디언인 수리가 회복이 가장 빨랐다.

"와~"

주술사가 피를 토하며 쓰러지자 가디언들은 자신들의 빛나는 창을 들고 달려오기 시작했다.

하은이 만든 방어막이 방패 역할을 하는 줄로 알았는지 다행히 창을 던지지는 않았다.

성준은 일행이 정신을 차릴 때까지 혼자 적을 막아야 했다. 성준은 달려오는 가디언들을 향해 마주 달려나갔다.

성준과 가디언들이 중간에서 만났다. 성준은 빛나는 창을 앞세우고 달려드는 가디언들 앞에서 한쪽 무릎을 꿇고 앉아 땅에 주먹을 내질렀다. 능력을 가득 품은 주먹은 땅을 터뜨렸다.

쾅!

사방으로 흩날리는 흙과 충격파가 가디언들의 전진을 멈췄다.

가디언들이 멈추자 성준은 바로 몸을 솟구쳐 공중에서 몸을 뒤집었다. 머리를 아래로 하고 밑을 보니 그새 가디언들이 정신을 차렸는지 창을 자신에게 향하고 있다. 그때 일행이 있는 곳에서 소리가 들렸다.

"주인님!"

수리의 목소리였다. 정신을 차린 모양이다. 성준은 떨어져 내리다 창끝에 손가락을 대고 능력을 사용해 밀었다. 동시에 다른 손으로 가디언들 사이의 빈 틈새를 가리켰다. 그곳에 검은 영기가 뭉쳐지더니 수리로 변했다.

가디언들 사이에 나타난 수리는 검을 생성해 검무를 추기 시작했다.

검은 수리의 손에 들려 있다가도 어느새 날아가 다른 가디언의 팔과 목을 베고 다시 돌아왔다.

성준이 다시 한 번 공중제비를 돌며 수리가 있는 곳을 바라보자 그곳에선 가디언의 팔다리 등 신체의 일부분이 사방으로 날아가고 곳곳에서 피가 뿜어져 나오고 있었다. 그 안에서 수리는 부드러운 춤사위를 펼치고 있었다.

성준은 안심하고 가디언들이 없는 빈틈에 내리꽂히듯 떨어져 내렸다.

쾅!

성준이 땅에 주먹을 찌르며 떨어지자 아까보다 더 크게 흙이 터져 나갔다. 그리고 그는 사방으로 뿌려지는 흙 사이에서

튀어나와 충격에 중심을 잡지 못하는 가디언들을 베고 지나
갔다.

성준과 수리 때문에 잠시 혼란에 빠진 가디언들은 어느새
정신을 차리고 성준과 수리를 상대할 일부를 제외하고 나머
지는 강을 향해 움직이기 시작했다.

성준과 수리는 몸을 던져 방해하는 가디언들 때문에 바로
움직이기가 힘들었다.

하지만 가디언들에게는 불행하게도 일행이 정신을 차린
후였다. 가디언들이 달려가는 강변에는 수십 개의 얼음 창이
떠 있고 재식의 방패 능력에 보호를 받는 궁수들이 빛나는 화
살을 활과 쇠뇌에 걸고 준비하고 있었다.

"발사!"

정 교관의 지시가 떨어지자 일행의 머리 위에 있던 얼음 창
과 궁수들의 화살이 가디언들에게 쏟아졌다.

그나마 반수 이상이 성준과 수리에게 잡혀 있는 가디언들
에게 일행의 공격은 치명타였다.

가디언들은 더는 접근하기가 힘들어지자 이를 악물고 창
을 일행에게 던졌지만 재식의 방패에 막혀 피해를 줄 수가 없
었다.

다희의 폭발 화살 탓에 앞으로 나가기가 힘든 가디언들
은 그동안 다른 화살과 창에 의해 모두 연기가 되기 시작

했다.

겨우 십여 명이 재식의 방패 앞까지 도착했지만 기다리고 있던 호영과 정 교관에 의해 결국 쓰러지고 말았다.

호영이 불타는 통나무를 마지막 가디언에게 쏘아 보내고 앞을 바라보니 각각 마지막 가디언들을 썰어버리고 있는 성준과 수리의 모습이 보인다.

"무시무시한 커플이야~ 컥!"

호영은 생각 없이 한마디 했다가 미영에게 허리를 찔렸다. 호영의 눈에 쌍심지를 켜고 자신을 바라보는 보람과 하은의 모습이 보인다.

성준은 연기로 사라지는 가디언에게서 시선을 돌려 일행을 바라보았다. 모두 무사했다. 성준은 일행에게 소리쳤다.

"모두 마을로 갑시다!"

성준과 일행은 바로 합류해서 마을 입구를 향해 움직였다. 마을은 중간중간 연기를 내뿜고 있었지만 조용했다. 성준은 마을 입구의 통나무 문을 향해 주먹을 내질렀다.

쾅!

문은 크게 흔들렸지만 성준의 주먹을 버텨냈다. 성준은 고개를 갸우뚱하곤 다시 한 번 주먹을 내질렀다.

쾅! 쾅!

그다음 두 번의 주먹질에 결국 나무문은 뒤로 넘어갔다.

쿵!

"튼튼하네."

혜라의 말을 뒤에 남기고 일행은 넘어간 나무문을 밟고 마을로 걸어 들어갔다.

마을은 황량했다.

전사들이 모두 사라진 마을은 가디언들이 문을 잠그고 안에서 일행을 지켜보고 있었다.

성준이 이들의 모습이 연극을 하고 있는 듯한 느낌이 들어 기분이 나빠졌다.

하지만 어차피 이들에게 시비를 걸어봤자 소용없기에 조용히 마을 광장을 향해 걸어갔다.

귀환 기둥이 있는 집의 지붕에 전에 본 가디언이 앉아 있다. 가디언은 성준을 보더니 자리에서 일어났다.

성준은 가디언이 일어나는 모습을 보고 일행에게 빠르게 말했다.

"저번처럼 내가 가디언을 상대하는 사이에 집으로 움직여요. 타이밍을 잘 맞추어야 해요."

모두 고개를 끄덕인다.

가디언은 자리에서 일어나더니 바닥을 박차고 성준을 향

해 일직선으로 날아왔다. 성준도 가디언을 향해 점프했다.

성준과 가디언은 중앙에서 만났다. 성준은 검으로 공격하려는 듯 보이다가 반대편 주먹으로 상대를 향해 내려쳤다. 방어를 해도 강한 주먹의 위력에 큰 효과를 볼 수가 있었다.

"이런!"

가디언은 공중에서 몸을 틀어 주먹을 피해냈다. 그리고 성준의 품 안으로 뛰어들어 성준의 옷을 틀어쥐었다. 놀란 성준을 향해 가디언이 그대로 박치기를 했다.

퍽!

밑으로 떨어지는 성준은 이마를 받힌 충격에 극심한 두통을 느끼면서 자책했다. 정보를 보았으면서도 방심했다. 전에 성준을 본 기억이 있는 가디언이 똑같은 행동을 할 리가 없었다.

성준은 이를 악물고 주먹으로 가디언의 배를 후려쳤다. 하지만 가디언은 성준이 주먹을 내지르자 성준의 목을 휘감으며 성준의 뒤로 돌아갔다. 이제 성준의 위치가 위쪽이다.

펑!

성준의 주먹에서 공기를 터뜨리는 소리가 나더니 성준과 가디언이 바닥으로 내리꽂혔다. 성준의 주먹에는 허공 도약 능력이 걸려 있었다.

쾅!

"크윽!"

성준의 밑에 깔려 바닥에 충돌한 가디언의 입에서 비명이 터져 나왔다. 잠시 정신을 못 차린 성준은 그의 손이 풀리자 바로 일어섰다. 뒤에서 하은의 목소리가 들려왔다.

"지금 기둥에 손 올렸어요!"

10초 남았다. 한 번의 공방 뒤에 바로 내뺄 생각인 성준은 가디언이 일어나기 전에 검으로 가디언의 몸을 찔렀다. 가디언은 언제 생성했는지 창으로 검을 튕겨내면서 몸을 한 바퀴 굴려 일어섰다.

'7초.'

성준은 바로 가디언에게 달려들었다. 마지막 공격이다. 성준은 가디언의 심장을 향해 검을 내질렀다. 피하거나 방어하면 바로 도망이다.

푹!

성준의 어깨 근육을 가르면서 창이 지나갔다. 성준의 뒤로 피가 뿜어졌다.

상당히 큰 상처였다.

그리고 성준의 검은 가디언의 가슴으로 깊이 박혀 들어갔다.

성준이 놀란 얼굴로 가디언을 쳐다보았다. 미소를 띤 가디언은 가슴에 검이 박힌 채로 성준의 멱살을 잡았다. 성준은 감각으로 가디언의 생각을 알아챘다.

"난 신경 쓰지 말고 그냥 떠나!"

성준은 일행에게 소리쳤다.

'0초.'

하지만 던전은 초기화되지 않았다.

가디언은 성준에게 미소를 지었다.

"좋은 동료들이야. 덕분에 나도 이제는 죽을 수 있겠어. 너무 오랜 시간 외로웠는데 이제야 동료들 곁으로 가는구나. 자네에게는 미안하게 생각해. 행운을 비네."

가디언은 검은 연기가 되어 사라지기 시작했다. 오랜 시간 외롭게 지낸 가디언은 명령의 작은 틈새를 찾아내 자신의 방어를 등한시하고 적을 공격해서 결국 자살을 할 수가 있었다.

성준은 허탈한 표정으로 아래에 떨어진 구슬을 줍고 뒤를 돌아보았다.

뒤에는 일행이 모두 성준을 바라보며 서 있었다. 그들은 마지막 순간에 돌아가는 것을 포기하고 귀환 기둥에서 손을 뗀 것이다.

가디언이 끝까지 상처를 입은 성준을 붙잡아 일행이 던전을 빠져나가지 못하게 한 것은 초기화로 자신의 상처가 복구

되는 것을 막기 위해서였다. 결국 가디언의 회심의 한 수는 성공했다.

하은이 성준에게 달려와 바로 어깨를 치료했다. 성준은 일행을 보다 웃어버렸다.

"결국 모두 보스 존에 들어가게 생겼네요. 모두 남아줘서 감사해요."

일행도 성준을 보고 미소를 지었다. 그들은 모두 건물 안으로 들어갔다. 그리고 잠시 뒤 건물에서 빛이 뿜어졌다.

던전은 초기화되기 시작했다.

망가졌던 입구의 문도, 영기로 사라졌던 가디언들도 다시 살아났다. 일행에게 죽었던 몬스터들도 다시 부활했다.

텅 비었던 마을도 다시 실바족들로 채워졌다. 전사들은 자신의 장소로 찾아갔고, 풍림족의 예비 숲지기 소녀들도 다시 살아나 자신이 맡은 구역으로 달려갔다.

풍림족의 마을 안에서 검은 영기가 뭉쳐지기 시작했다. 잠시 뒤 온몸에 나무 문양으로 문신한 젊은 여성이 나타났다. 그녀는 풍림족 숲지기로 오랜 시간 잠들었다가 이번에 폐기된 가디언을 대신해서 다시 구슬에서 생성된 것이었다.

숲지기는 이 마을을 지키다가 죽어간 숲지기를 위해 기도하고 분수에 걸터앉았다. 죽은 숲지기도 오랜 시간 동안 최선을 다했을 것이다.

그녀는 멀리 숲 너머를 바라보았다. 자신은 아직 의지를 버리지 않았다.

예언의 주술사가 말한 약속의 사람이 언제 나타날지는 모르겠지만 자신은 한 가닥의 의지를 지키면서 앞으로 버텨나갈 것이다.

숲지기는 자신의 활을 쓰다듬으면서 눈을 감았다.

『몬스터홀』 6권에 계속…

우각 新무협 판타지 소설

FANTASTIC ORIENTAL HEROES

북검전기

2014년의 대미를 장식할, 작가 우각의 신작!

『십전제』, 『환영무인』, 『파멸왕』…
그리고,

『북검전기』

무협, 그 극한의 재미를 돌파했다.

북천문의 마지막 후예, 진무원.
무너진 하늘 아래 홀로 서고, 거친 바람 아래 몸을 숙였다.

살기 위해! 철저히 자신을 숨기고
약하기에! 잃을 수밖에 없었다.

심장이 두근거리는 강렬한 무(武)!
그 걷잡을 수 없는 마력이,
북검의 손 아래 펼쳐진다!

Book Publishing CHUNGEORAM

유행이 아닌 자유추구 -
WWW.chungeoram.com

용마검전
FANTASY FRONTIER SPIRIT
김재한 판타지 장편 소설

「폭염의 용제」,「성운을 먹는 자」의 작가 김재한!
또다시 새로운 신화를 완성하다!

『용마검전』

사악한 용마족의 왕 아테인을 쓰러뜨리고
용마전쟁을 끝낸 용사 아젤!

그러나 그 대가로 받은 것은 죽음에 이르는 저주.
아젤은 저주를 풀기 위해 기나긴 잠에 빠져든다.

그로부터 220년 후……

긴 잠에서 깨어난 아젤이 본 것은
인간과 용마족이 더불어 살아가는 새로운 세상이었다.

Book Publishing CHUNGEORAM

뉴웨이브인 자유추구 -
WWW.chungeoram.com

문용신 新무협 판타지 소설

FANTASTIC ORIENTAL HEROES

한량 아버지를 뒷바라지하며
호시탐탐 가출을 꿈꾸던 궁외수.

어린 시절 이어진 인연은
그를 세상 밖으로 이끄는데…….

"내가 정혼녀 하나 못 지킬 것처럼 보여?"

글자조차 모르는 까막눈이지만,
하늘이 내린 재능과 악마의 심장은
전 무림이 그를 주목하게 한다.

"이 시간 이후 당신에겐 위협 따윈 없는 거요."

무림에 무서운 놈이 나타났다!

Book Publishing CHUNGEORAM

유행이 아닌 자유추구 -
WWW.chungeoram.com